BUENOS DÍAS
AVRIL,
¡ESTÁS EN DELHI!

Dan Sam

BUENOS DÍAS AVRIL, ¡ESTÁS EN DELHI!

HarperCollins

© 2019, HarperCollins México, S.A. de C.V.
Publicado por HarperCollins México
Tampico No. 42, 6º piso.
06700, Ciudad de México

© 2019, Daniel Mesino

Diseño de forros e interiores: Music for Chameleons / Jorge Garnica
Ilustración de pavorreal en portada: Freepik
Ilustración de Ganesh en interiores: Open Clipart Vectors / 27440

Nota del autor: La siguiente novela es un trabajo de ficción. Se
citan referencias a películas, interprétes y canciones de la cultura
pop, así como algunos acontencimientos ocurridos en la historia
contemporánea como el atentado en el concierto de la cantante
Ariana Grande ocurrido en Manchester, Inglaterra, en mayo de 2017,
para contextualizar la historia, pero los nombres, personajes
y los incidentes son producto de la imaginación del autor. Cualquier
semenjanza con personas, vivas o fallecidas, eventos o situaciones
es una coincidencia.

ISBN: 978-607-8589-42-5
ISBN (SPANISH EDITION): 978-607-562-012-1

Primera edición: enero de 2019

Para ti, por ese concierto de Zaz
y porque gracias a tu fortaleza tuve
la valentía para iniciar esta historia.

Para Mauricio, Paty, Juan Pablo, Sebastián, Junior, Chester
y Frank, porque ellos son parte de mi Club personal
de Alumnos Sobresalientes Inadaptados.

CAPÍTULO 1

MAMÁ ES UNA CELEBRIDAD CIBERNÉTICA

Mi tía Ximena es fanática de los grupos de apoyo; ha estado en Comedores Compulsivos, Alcohólicos Anónimos, clubes de optimistas y otros por el estilo. Una vez la escuché contarle a mi papá que lo que más le emociona son las primeras sesiones que empiezan así: "Hola, soy fulana de tal y soy adicta a las donas de chocolate". En mi caso, quiero iniciar esta historia diciendo: "Hola, me llamo Avril. Guapa, inteligente, pero soy una nerd, una inadaptada. Estoy a punto de cumplir quince años y nunca he besado a nadie".

Seguro te preguntarás por qué pienso así. Para entenderlo, vayamos al domingo 14 de abril, el mes previo a mi cumpleaños. Imagina la escena: bajo a desayunar, y antes de saludar con un "Buenos días" y tomar mi jugo verde *detox*, Mariana Valiani, mi mamá, con una voz aguda en tono de "escuchen lo que tengo que decir", comienza este monólogo que pretende ser un diálogo entre madre e hija:

—Mamá, ya te dije que no, no, no y no.

—Cariño, sólo cierra los ojos por un momento y que sirva de algo toda esa inteligencia que traes en la cabeza. Usa tu imaginación: cuatrocientos invitados, un *dj*, ambientamos tipo *lounge*, unos *drinks* en unas copas súper coquetas... ¡todo divino! Yo y tu mejor amiga Stephanie nos vamos a encargar de todo.

—Mamá, NO BEBO; voy a cumplir quince, es ilegal servir bebidas alcohólicas a menores de edad; Stephanie ME ODIA y Benjamín es mi único amigo en la escuela.

—Lo que sea, tu fiesta debe ser i-nol-vi-da-ble...

—¡Mamá! ¡No me estás escuchando otra vez! No quiero una fiesta. Ene-o, no.

—No se diga más, querida. Te veo más tarde, voy súper retrasada y tengo una tabla reservada para practicar *surf yoga*. ¡Es lo más *in* del mundo! *Surf* y yoga, ¡como si estuvieras en las costas de California! Tardé dos meses en conseguir espacio en una clase, así que ¡no me lo puedo perder! *Bye, honey*. ¡Besos!

—¡¡¡Mamá!!!

Y aquí termina la escena, con mi madre saliendo a toda velocidad para no perder su clase de *surf yoga*. No quiero que me malinterpreten, amo a mi madre con todo mi ser y mi coeficiente intelectual, que, según indican las pruebas que me han aplicado, está por encima de la media de mis compañeras. Mi abuela, de quien les platicaré más adelante, me ha dicho que soy especial porque soy la única chica de catorce años que ama con el corazón y con la razón.

Pero no nos distraigamos. Debo admitir que no es nada simple comprender a mamá. Sobre todo durante los últimos meses, cuando las cosas no han ido tan bien con Andrés Santana, su rutilante y atractivo esposo, léase: mi papá.

Y aunque no dudo que mi dulce madre quiera celebrar mi cumpleaños número quince, presiento que hay dos razones de fondo que motivan a ello. La primera es tener algo distinto en qué entretenerse, y la segunda, ¡armar su propia celebración, su oportunidad para decirle al mundo que sigue siendo popular!

~~~

¿A quién no le gustan las fiestas? Sería una completa anormal si no me gustara salir con otros chicos, bailar, cantar, comprarme ropa linda, estrenar zapatos o escuchar a Ariana Grande.

Benjamín, mi BFF, léase mi *Best Friend Forever*, sabe que no soy una completa subnormal. Me conoce bien y por eso somos los mejores amigos. Pero hay un pequeño detalle que debo confesar, y que es la razón por la que no quiero que mi madre me organice una fiesta de cumpleaños: ¡no soy popular en la escuela! Y esto, en nuestros tiempos, no es un asunto menor, de hecho, es tan grave como si Estados Unidos le declarara la guerra a Corea del Norte, Ed Sheeran perdiera la voz o alguien *hackeara* los servidores de Mark Zuckerberg y Facebook dejara de funcionar.

En mi caso, no sólo debía aceptar que tenía pocos seguidores en mis redes sociales o que nadie le da *like* a mis fotos de Instagram. El problema real es que casi al mismo tiempo que estalló la crisis entre mis papás y mi popularidad iba a la baja, comenzaron los abusos en la escuela.

No quiero sonar como una *drama queen*, así que no voy a contar todos mis problemas... por el momento. Lo cierto es que me aterra pensar que si organizo una fiesta nadie venga o que me arrojen algo justo cuando vaya a recibir a los primeros invitados.

No soy de las que guardan rencor. Puedo perdonar fácilmente, pero Bencho es distinto. Benjamín Choep Wolinski es mi mejor amigo, y de cariño le digo Bencho; obviamente odia que le llame así, pero me gusta hacerlo.

Bencho tiene una idea macabra: me contó que una vez su HSU40 (*Happy Single Uncle in his forties*), entiéndase su tío feliz, cuarentón y soltero, lo invitó a ver una película de hace mil millones de años, o sea de los setenta, sobre una niña *freak* que nadie quería en la escuela. A esta individua, de nombre Carrie, sus amigos le gastaron una broma y la eligieron como reina del baile de graduación. Cuando va a recibir la corona, ¡zas!, le arrojan una cubeta con vísceras de cerdo y sangre. La tal Carrie se enoja tanto que comienza a mover los objetos con su mente: cierra las puertas, las luces del salón del baile se apagan y comienza un incendio que causa un caos horrible. Lo que iba a ser el día más importante de todos los niños populares se convirtió en la pesadilla más aterradora. Esto es lo que Bencho le gustaría hacer: vengarse de todos esos tontos que lo maltratan. Él se ha vuelto muy reservado. Cuando recién lo conocí era el niño más alegre de la galaxia. De pronto se volvió callado, introvertido y dejó de contarme muchas cosas. Traía algo atorado en el corazón, un enojo que no lograba entender del todo. Más adelante sabría qué fue lo que cambió a Benjamín Choep Wolinski.

Jamás diría algo que pudiese lastimar a mi mamá y no quiero culparla de lo que me pasa, pero después de realizar un estudio estadístico comprobé que mis altos índices de impopularidad con las otras niñas están íntimamente relacionados con su presencia en la escuela. Voy a justificar mis conclusiones con dos ejemplos recientes: el único día en que Mariana tuvo la grandiosa idea de ofrecerse a recogerme en el plantel porque el chofer se había reportado enfermo, chocó las camionetas de dos de mis mejores —ahora ex— amigas. Como mi papá no llegaba ni tampoco el agente de la aseguradora, fingió que le faltaba el aire y se desmayó frente a todos para no tener que lidiar con los trámites. Las noticias corrieron como pólvora y llegaron a oídos de Stephanie. Ella es la abeja reina de la colmena escolar. Las chicas la siguen e imitan sus ademanes, su forma de vestir y ¡hasta sus expresiones! Ejerce un reinado del terror y no pierde oportunidad para demostrar que es la más guapa, la más linda de la escuela y que los chicos mueren por invitarla a salir. Eso sí, cuida que nadie sobresalga ni acaparé la atención. Cualquier escándalo provoca una mueca de insatisfacción en su rostro perfecto. Por eso, cuando averiguó quién era la hija de la famosa *hashtag* #medesmayoenlaescuela, sintió la misma adrenalina que experimentan los cazadores cuando tienen a su presa en la mira.

Pero la gota que derramó el vaso vino un mes después cuando, con el pretexto de ayudar a subir mis bonos de popularidad entre mis compañeras, mamá tuvo la genial iniciativa de llevarnos a un día de campo y faltar a clases: le pareció la propuesta más increíble de todos los tiempos. Llegó a la escuela y eligió a cinco niñas al azar que, a su parecer, eran las más *cool* e *in* de todas. Sus criterios de selección fueron únicamente su apariencia personal, la ropa que llevaban y su manera de arreglarse; obvio que eran guapas y les encantaba ser el centro de atención. Y como era de esperarse, para mi infortunio, el grupo de chicas escogidas era la corte al servicio de Stephanie Otamendi.

Cuando Mariana se les acercó para plantearles su intención, vestida como si fuera Meghan Trainor, la tiraron de loca y se alejaron, no sin antes grabar en sus celulares su discurso, donde se esmeraba en repetir como contestadora telefónica: "¿Qué les parece una tarde de chicas fuera de la escuela? Va a ser i-nol-vi-da-ble. Más vale pedir perdón que pedir permiso. Y no se preocupen, yo me encargo de ser la coartada con sus maestras".

Por más que mi madre se esmere en parecerse a una de mis amigas y vestir como Meghan Trainor, una de mis cantantes favoritas, no se percataba de que todas la criticaban. Por eso, cuando me di cuenta de sus intenciones de organizar "una tarde de chicas", primero me escondí y luego pedí a todas las fuerzas del universo que en ese momento pasara un tornado violento o que la tierra se abriera como en la película de *Terremoto*, pero ninguna de las dos ocurrió y algo mucho peor sucedió: Stephanie grabó a mi madre con su celular, descargó la aplicación *Historias que te avergonzarían* y subió el video a la red. Un poco de creatividad y mucha mala leche hacen que cualquiera se vuelva famosísimo al instante, y mamá no fue la excepción.

De esta manera, Mariana Valiani incursionó con gran éxito en YouTube y su video "No quiero ser como ella cuando me alcance la menopausia" la catapultó al estrellato y se convirtió en una celebridad cibernética. Su debut alcanzó, en sólo dos días, 646 mil 482 vistas.

~~~

Una de las grandes lecciones de mi abuela es: "Si está muy oscuro allá afuera, es indicio de que pronto va a amanecer". En otras palabras, por más que las cosas sean difíciles y caóticas, seguro vendrá algo bueno. Yo me sentía fatal. El director de la escuela se había enfurecido con Mariana por incitar al ausentismo y las madres de muchas de las chicas populares de la escuela, encabezadas, obviamente por la señora de Otamendi, mamá de Stephanie, prohibían que cualquier otra niña se me acercara. Stephanie se regocijaba como emperador en un circo romano y yo solo quería desaparecer de la faz de la tierra, o por lo menos, cambiarme de escuela o mudarme a otro país. Y justo cuando las bromas a mi mamá por su *look* de "nunca envejeceré" y su *outfit* inspirado en la música de Meghan Trainor se volvían insoportables, conocí al chico que se convertiría en mi mejor amigo: Benjamín Choep Wolinski. Recordé entonces que las palabras de la abuela siempre encierran una gran verdad.

~~~

¿Cuántas veces, aunque te sientas especial, te das cuenta de que no encajas en ningún lugar? La popularidad de mi mamá era directamente proporcional a mi impopularidad en todos lados: había dejado de ser Avril Santana para convertirme en la hija de la ya famosísima "No quiero ser como ella cuando me alcance la menopausia". Nadie comía conmigo a la hora del almuerzo ni me invitaban a ninguna reunión; cuando caminaba por los pasillos de la escuela escuchaba las risas a mi espalda, y las integrantes del grupo de porristas y otras niñas populares hacían chistes sin mostrar recato alguno, para que yo los escuchara.

No tuve otra alternativa que seguir el camino que cualquier chica de mi edad con un coeficiente intelectual muy por arriba del promedio, pero con una inteligencia emocional por debajo de la media elegiría: volverse invisible. Cambié mis botas impermeables Jeffrey Campbell por unos tenis Converse, mi blusa y falda Sherri Hill por un par de *jeans* y una *T-shirt*. Mi gama multicolor, que debo admitir es una herencia que hace que las mujeres de mi familia nunca pasen desapercibidas, fue sustituida por un monótono, discreto y nada llamativo gris.

Lo más irónico de esta situación en que todos me evitaban como si fuera una enfermedad contagiosa, es que tampoco fui bien recibida en el Club de Alumnos Sobresalientes Inadaptados, mejor conocido como el CASI, ese grupo característico de las escuelas donde encuentran refugio los bajitos, los obesos, aquellos que tienen fobia a los deportes, los que aman las clases de química y álgebra, los que usan frenos y lentes cuyo aumento sólo es equiparable al de los microscopios que nos prestan en los laboratorios de biología.

Yo creí que era una CASI y que entre ellos encontraría refugio, pero estaba equivocada.

Melba Santamaría Manduley era hija de padres cubanos que habían salido de la isla y en un intercambio con nuestro gobierno consiguieron empleo como entrenadores del equipo nacional de gimnasia olímpica. Por el simple hecho de ser mulata no era popular en la escuela. Sin embargo, para su fortuna, consiguió ser aceptada en el CASI porque era muy inteligente y hábil para ganar todas las discusiones. Estoy segura de que aprendió esto en su país, porque una vez le contó a Bencho que se la pasaban escuchando a su dirigente máximo TODO el día por unos altavoces en la isla. Y siempre había debates. La verdad es que Melba Santamaría Manduley hablaba hasta con las piedras; no le paraba la boca y siempre tenía un argumento para debatir cualquier tema.

Ella representaba, por decirlo de algún modo, al ala crítica de los CASI: estaba en total desacuerdo con cualquier tipo de exclusión. La conocí porque me contactó por WhatsApp, y me citó afuera del teatro de la escuela; no pude aguantar la curiosidad y acudí a la reunión.

¿Cómo consiguió mi teléfono? Me sentía en una de esas películas de espías internacionales, porque Melba quería evitar que alguien se diera cuenta de que se había reunido conmigo. Si el Club de Alumnos Sobresalientes Inadaptados se enteraba de que me pasaba información, sufriría las consecuencias y sería excluida por los más excluidos, es decir, ser la más *loser* de todos los *losers*. Por esa razón llegó con lentes oscuros y gorra. ¡Vaya que es intensa! Le faltó llevar gabardina, y estuve a punto de decirle que la Guerra Fría ya terminó y que Obama había terminado con la política de "pies mojados, pies secos", pero no soy tan idiota y sé mantener la boca cerrada. Aunque reconozco que en algunas ocasiones puedo ser impulsiva, actuar como mi madre y ser la chica más impertinente sobre el planeta, pero tengo un gen especial que me protege contra la estupidez. ¿Cómo estoy tan segura? Pues Bencho y yo, después de consumir dos litros de helado de yogur, llegamos a la conclusión de que soy la afortunada poseedora de un GC, es decir, un "gen de la cordura", que activa un mecanismo de defensa automático que me obliga a mantener la boca cerrada. Mi abuela lo tenía, mi madre definitivamente no, y yo sí. Este mecanismo de defensa entra en acción cada vez que mi inconsciente detecta que estoy a punto de decir una bobería y hace que una descarga eléctrica recorra todo mi cuerpo, del cerebro a la punta de los pies, y de ahí regresa para hacer que mi boca se mantenga cerrada. Mi GC me ha salvado de muchas situaciones incómodas.

Nuestro encuentro transcurrió en paz; por la hora ya no había estudiantes y era un lugar muy discreto. Me daba pereza regresar a la escuela por la tarde, pero estaba impaciente por entrevistarme con alguien del CASI, así que no me importó y acudí a la cita.

Melba me explicó que yo le causaba al club cierta desconfianza. Me dijo que al interior del grupo los chicos más avispados en sistemas de cómputo, internet y redes sociales se encargaban de revisar todas las cuentas de Facebook, Instagram, Snapchat y Twitter de quienes esperaban ser aceptados, se preparaba un archivo con toda esta información y se integraban fotos que otros miembros del CASI tomaban de manera discreta con sus teléfonos celulares inteligentes: este era el pretexto ideal para que los amantes de los *gadgets* utilizaran los dispositivos del momento. Enseguida, se dedicaban a rastrear toda la información y averiguar si el sujeto de investigación aparecía en videos o *posts* de YouTube, Pinterest, Foursquare, Periscope, etc., y de este modo creaban un perfil que era sometido a evaluación; obviamente, el video de mi mamá era como un pase *fast track all inclusive* para ser admitida. El problema era que antes de la fama de mi mamá en el ciberespacio y de la crisis matrimonial de mis padres, yo no era tan gris: hay fotos en mis cuentas de Facebook e Instagram donde estoy en fiestas y viajes con mi familia, y no era la *nerd* que soy ahora. Era toda una Valiani: alegre y con gusto por ser el centro de atención. Era popular y bonita. Pero de esa Avril sólo quedan las fotos.

En pocas palabras, Melba Santamaría Manduley me dijo que por el momento no era bien recibida en el Club de Alumnos Sobresalientes Inadaptados. Me aconsejó que fuera paciente.

¡¿Paciente?! ¿Qué más tenía que esperar? ¡Estaba apunto de estallar y ponerme a llorar! No sé que le pasa a mi cuerpo, pero últimamente me dan unas ganas de llorar, luego de reír y mis cambios de humor eran más inestables que los romances de Miley Cirus.

La noticia me cayó como bomba. Tuve la misma sensación de vacío que experimentas cuando te quedas toda una tarde sin internet. Y no quiero ser víctima, pero ponte en mi lugar: vas a cumplir quince años, tu progenitora se esfuerza por parecer más tu amiga que tu madre. En la escuela, los populares no sólo te ignoran, sino que hacen todo lo posible para que la pases mal; te has quedado sin amigos, y cuando creías que por fin habías encontrado a un grupo de chicos con los cuales te podrías identificar y que estabas segura de que te recibiría con los brazos abiertos, descubres que ¡también te rechaza!

No sabía que hacer. Estaba convencida que el mundo entero me odiaba. Me sentía triste. Mi abuela dice que cuando una de las mujeres de la familia se pone muy, pero muy triste, comienza a llover torrencialmente, como si fuera un diluvio. No sé si fue una coincidencia, pero ¡comenzó a caerse el cielo! Y por esperar a que Melba Santamaría Manduley, en su papel de informante del servicio secreto, me hiciera con lujo exhaustivo de detalles todo su relato, el tiempo pasó volando y sin darme cuenta se me hizo tremendamente tarde. Para agravar la situación, Melba, fanática del misterio, se fue sin avisar y desapareció en un instante.

El diluvio no paraba y no podía moverme a ningún lado; tuve que esperar a que la lluvia amainara un poco y decidí comenzar a caminar. Le había dicho a mi mamá que no era necesario que pasaran por mí porque iba a comer con unas amigas de la escuela. La sola idea de que su hija fuera a salir activó el GET de mi mamá, es decir, su "gen de la evasión total", que aparece siempre que un evento le produce una tremenda felicidad, momento en el cual se desconecta del mundo, y con un éxtasis tal que pensé que perdería el conocimiento, respondió: "¡Claro que sí, Avril! Regresa a la hora que quieras".

Por supuesto que nunca preguntó con quién estaría o cómo volvería a la casa: la sola posibilidad de que su hija fuera tan popular como alguna vez ella lo fue, desactivó cualquier instinto de protección maternal y simplemente estalló en un océano de felicidad. De hecho, sólo he visto manifestaciones tan expresivas de dicha en los rostros de las dos últimas participantes que se disputan la corona en Miss Universo; mi mamá tuvo exactamente el mismo número de gestos y ademanes que hace la finalista que escucha con gran satisfacción que el segundo lugar es para su contrincante anoréxica.

Así, sin darme cuenta, en un solo día estaba sumida en mi segunda tragedia. Primero, había sido rechazada por el Club de Alumnos Sobresalientes Inadaptados; eso equivale a ser una *loser* a la tercera potencia elevada al cuadrado. Y segundo, como si protagonizara una película cursi de adolescentes, caminaba sola por la calle bajo un aguacero y sin paraguas. Es decir, en ese momento estaba comenzando a creer que sí, efectivamente, nada estaba a mi favor: el universo entero había complotado en mi contra, mis chakras no estaban alineados y no era mi año en el horóscopo tradicional chino (teorías que mi madre siempre utilizaba para explicar por qué era la rara). Pero, increíblemente —e igual que en las novelas rosas de adolescentes—, comencé a escuchar unas pisadas que salpicaban los charcos de la calle mientras un chico guapo, empapado y delgado como un espagueti, se me acercaba gritando con un paraguas en la mano. Pude haber entrado en pánico y convertirme en la protagonista de esas películas de terror donde un desequilibrado con una máscara de hockey y una sierra eléctrica te persigue por todos lados y tú gritas como desesperada, pero nadie te escucha; sin embargo, se activó el otro gen exclusivo de nuestra familia, el "gen confía en la gente" o GCG, y cuando vi sus ojos, su sonrisa y escuché mi nombre, tuve la certeza de que al final no era un día tan malo.

CAPÍTULO 2

MI PRIMER BESO A RITMO DE UNA CANCIÓN DE ED SHEERAN

Estoy enojada, molesta. Son de esos días en que nadie te entiende, que te sientes diferente y no tiene nada que ver con tus cambios hormonales, el crecimiento, tu periodo o todas esas cosas que tus papás te ponen como pretexto para evitar hablar contigo.

Siempre trato de tener una actitud buena hacia los demás y no enojarme en lo más mínimo, pero ahora no entiendo qué es lo que me pasa. ¿Y si realmente se trata de un problema con mis hormonas y no lo quiero ver?

Soy rara y lo acepto. De pequeña era un ser verdaderamente exasperante porque siempre me aferraba a que todas las preguntas que hacía tuviesen una respuesta; no he cambiado mucho, y cuando en mi cabeza aparece un enigma o algo que no puedo comprender, no descanso hasta encontrar una explicación lógica. ¿Y si padezco un mal humor de generación espontánea? Porque, de otra manera, ¿cómo explicar mi genio de los mil demonios en estos días?

Si soy honesta conmigo misma y le hago caso a los consejos de mi abuela, que siempre me decía que para entender qué hacer en una decisión difícil o incómoda lo mejor era calmarse y reflexionar, viendo todo desde fuera, comencé a hablarme en tercera persona: "A ver, Avril, ¿desde cuándo te sientes así? ¿Estás enojada con alguien en especial? ¿Por qué crees que estás tan molesta?".

En el papel de mi propia terapeuta, comienzo a darme cuenta de que este cambio brusco en mi temperatura emocional comenzó cuando conocí a Benjamín Choep Wolinski, mi mejor amigo.

Hagamos como en esas películas de arte que mi mamá compra en los festivales de cine pero que nunca ve: vamos de regreso al momento en que me encontraba sola, bajo la lluvia —¡qué cursi!—, caminando e instalada en mi drama personal, cuando escuché que alguien gritó mi nombre:

—¡¿Avril?!

—¿Sí?

—Hola. Tú no me conoces, pero yo sí; bueno, yo y otros 746 mil 346 usuarios que ya vieron el video de tu mamá. Soy Benjamín, Benjamín Choep...

Estuve a punto de mandarlo al diablo e irme indignada cuando escuché, por enésima vez en el día, el chiste sobre mi mamá; estaba harta de que todos se burlaran de ella, pero mi GC y el *look* tipo Ed Sheeran que aquel chico se cargaba fueron suficientes para que hiciera una pequeña mueca de desaprobación y me quedara. Además, llevaba un paraguas, algo que necesitaba urgentemente en ese momento.

Sin darme oportunidad de hablar, se ofreció a acompañarme de regreso a casa y me ayudó a resguardarme de la lluvia. Me contó que era miembro del Club de Alumnos Sobresalientes Inadaptados, y que había seguido a Melba hasta nuestro encuentro; no estaba de acuerdo con husmear en la vida de los chicos interesados en acercarse al club pero, por otro lado, estaba contento porque fue así como se enteró de mi existencia.

Había algo en Benjamín que no es fácil describir con palabras. Definitivamente era lindo, pero no como los otros niños de la escuela; aunque su forma de vestir era desaliñada, con su pelo alborotado y su cuerpo de fideo, había una elegancia y delicadeza que lo hacían diferente. Desde el momento en que lo vi esa tarde, sabía que sería una persona importante en mi vida.

—Si te soy sincero, yo tampoco me siento bien en el CASI: a veces se comportan igual que los chicos que nos *bullean* y hay muchas cosas en las que estoy en total desacuerdo, pero prefiero callarme, me siento muy solo y para mí es mejor estar acompañado que andar como perro sin dueño. Por eso tenía muchas ganas de conocerte; eres, por ponerlo en una frase de tres palabras, ¡todo un personaje!

La forma en que Bencho se dirigía a mí me ponía como idiota, escuchaba cada una de sus palabras como si estuviese hipnotizada. Y él no paraba de hablar:

—Te voy a describir a Avril en tercera persona: es un personaje popular, pero nadie la quiere de BFF; es súper linda, pero se viste como una *homeless* de Indianápolis. Su instagram es una señal clara de que posee un IQ por arriba de las *fashion*-dependientes que abundan en la escuela, pero siempre está callada...

¿Quién se cree este tipo, que me dice que soy linda e inteligente, pero al mismo tiempo fachosa e introvertida? Estuve a dos segundos de irme, llevarme su paraguas y dejarlo para que se empapara en la lluvia, pero entonces me hizo una propuesta que no pude rechazar.

Me explicó que como no podía cambiar las reglas del Club de Alumnos Sobresalientes Inadaptados, entonces formaría el suyo propio; dijo que quería proponerme como vicepresidenta honoraria de la asociación más exclusiva, la sociedad más secreta de toda la historia. Era tan exclusiva y con unas normativas de selección tan rigurosas que hasta el día de ayer sólo había un miembro: Benjamín. Y yo también, si decidía aceptar.

〜

Amo la manera en que Bencho escoge las palabras que usa para hablar. De hecho, la palabra *normativa* sólo se la había escuchado hasta ese momento a mi padre, cuando una mañana bajó a desayunar enojado porque se había peleado con uno de los inversionistas, que le reclamaba la aplicación urgente de "las nuevas *normativas*".

Al oír a Bencho hablar y ver sus ojos, de manera inmediata en mi rostro apareció mi mejor sonrisa y sentí, por primera vez en mi vida, que era verdaderamente importante para una persona que no fuera de mi familia.

〜

Si todo empezó tan bien, ¿por qué me sentía tan mal? Desde el momento en que nos conocimos, Bencho y yo nos volvimos inseparables: salíamos solos a todos lados, llegábamos al mismo tiempo a la escuela, almorzábamos juntos, alejados de los demás, y juntos regresábamos a nuestras casas. Nuestro mundo era perfecto. Teníamos, como me lo había propuesto, nuestro propio Club de Alumnos Sobresalientes Inadaptados donde escuchábamos la música que nos gustaba, leíamos los libros que nos interesaban y veíamos las películas que nadie más comprendía. De hecho, puedo decir que no había nadie que me entendiera mejor en el planeta y estoy segura de que en el universo entero no había nadie que pudiese entender a Bencho mejor que yo.

Por supuesto, iríamos a nuestro primer concierto juntos: ¡vino Ed Sheeran, a quien puedo amar con todo mi corazón! Se presentaría en un parque de jardines temáticos. Si alguna vez imaginaste todas las cosas bellas reunidas en un solo lugar, ¡era ahí! Y ahí estaba yo, en la noche perfecta con él; el momento no podía ser mejor porque iluminaron los jardines de la manera más increíble que te puedas imaginar. Mi papá nos llevó: desde que conoció a Benjamín siempre le tuvo una confianza excepcional y estaba feliz que de que yo tuviera amigos. Y de mamá, ¡qué te puedo contar! Entró en un estado similar al que experimentan los *hare krishna* después de cantar durante seis días seguidos y comer sólo hierbas. Cuando supo que su hija por fin se había decidido a salir, alcanzó algo muy parecido a la iluminación tibetana y el Nirvana urbano; lo malo fue que estaba tan eufórica porque su hija tendría por fin vida social, ¡que ya estaba instalada para ir con nosotros! Según ella, también era fan de *toda* la música de Ed Sheeran y lo amaba más que yo; la divina y oportuna intervención de mi papá fue lo que desalentó sus oscuras intenciones maternales y nos salvaron de verla bailando y gritando con minifalda y tacones de plataforma. Mi papá bromeó con mi mamá

—algo que no hacía en semanas—, y con ese encanto que sólo él tiene, logró convencerla de que lo más conveniente era ir juntos a cenar. Mis padres tenían ya varias semanas sin salir, así que ese día, después del detalle de salvar nuestra ida al concierto, recordé por qué amaba tanto a mi papá.

¡Que mi mamá se quede con mi papá, Sam Smith y Adele! ¡Yo, con Ed Sheeran!

Si soy sincera, lo que estaba viviendo era difícil de superar: apuesto a que no hay escena en el cine que pudiera retratar todo lo que sentía. Hubo un momento en el que me puse muy nerviosa, mis pensamientos no eran claros y, raro en mí, estaba tan emocionada que no pensaba con claridad. De hecho, detrás de Ed Sheeran, había una pantalla enorme que proyecta diversas imágenes. Y te puedo jurar que por un momento vi a Bencho y a mi proyectados en la pantalla. Mi corazón latía a mil por hora.

Vuelvo a considerar la posibilidad de que mis cambios de humor sí sean, como afirma Mariana, culpa de mis hormonas y mis chakras mal alineados, pero creo que la combinación de un cielo bellamente estrellado, los jardines iluminados y Ed cantando *Thinking out loud* en el escenario, fue lo que me animó a hacer lo que nunca antes había intentado en mis hasta entonces catorce años de vida.

Estábamos gritando a todo pulmón, Bencho y yo nos movíamos al ritmo de la música y, en un momento que pareció eterno, nuestros ojos coincidieron y nos quedamos mirándonos como idiotas. No pude aguantarme las ganas: me acerqué, y sin decir nada, lo besé.

Lamentablemente, mi primer beso no fue lo que esperaba.

~~~

Su reacción fue rara y quedé totalmente desconcertada. Además, era una combinación extraña: estaba enojada y al mismo tiempo apenada. Mi cara fue la misma que hizo Katniss Everdeen cuando Peeta Mellark le dijo en público por primera vez que la amaba, en *Los Juegos del Hambre*. Sinceramente, cuando conocí a Bencho, si bien reconocía que era guapo, no había planeado ninguna estrategia para besarlo ni nada por el estilo; simplemente me nació. *¡Ups!* ¿Dije "me nació"? Es como si acabara de beber un batido de hígados de pollo, brócoli, pepino y yemas de huevo con un poco de agua. Es decir, ¡guácala! La razón es simple: noventa y ocho por ciento de las justificaciones que mi madre utilizaba para explicar las decisiones absurdas que tomaba la mayor parte del tiempo, comenzaban por la frase magistral que acabo de pronunciar para explicar por qué besé a mi mejor amigo sin ninguna justificación: "Me nació".

Así que la primera razón de mi desconcierto estaba relacionada con no poder explicar mi comportamiento y pensar que me parecía más a mi mamá de lo que quería aceptar. La segunda tenía que ver con el hecho de que al besarlo no sentí nada de lo que esperaba: pensé que con mi primer beso tendría las mismas reacciones que Bella el día que conoció a

Edward Cullen, pero no; fue como si besara mi brazo derecho. ¿Lo has hecho alguna vez? Besa tu brazo derecho y dime qué sientes.

¡Nada! Yo no sentí nada especial y, lo peor de todo, cuando creía que nada podría empeorar más mi situación, caigo en cuenta de que no fui correspondida. Y ahí está precisamente la tercera razón, que me desconcertó aún más. Si me llevaba tan bien con Bencho, si la pasábamos increíble juntos, si me dijo que era linda; si nunca me habló de que le gustara otra chica en la escuela y nos contábamos todo, todo el tiempo, ¿por qué no hubo esa química que lees en las novelas o ves en el cine? Si él mismo me había confesado que quiso conocerme cuando supo de mí, que le ilusionaba formar nuestra propia versión del club de inadaptados, que prefería estar acompañado que andar como perro sin dueño y que yo era la persona ideal para estar con él, ¿por qué no funcionó nuestro primer beso?

¿Por qué ese beso no fue mágico ni especial, cuando teníamos el escenario y el momento ideal? Cuando pensé que había encontrado alguien importante para mí, me sentí decepcionada.

Más adelante entendería que la mayoría de las veces las cosas no suceden como tú quieres, pero eso no quiere decir que estén mal.

CAPÍTULO 3

MI PAPÁ SALÍA CON LA CHICA MÁS GUAPA DE SU GENERACIÓN

Mi abuela Adelaida me dijo una vez que somos nuestras pérdidas. Fue hace un año, en el aniversario de la muerte de mi abuelo; nunca la había visto triste pero ese día lloró, y me explicó que lo que nos define en la vida son las cosas que vamos perdiendo. Ahora que veo a mi mamá, triste y más loca de lo que acostumbra, las palabras de mi abuela cobran sentido. Mi mamá está triste porque siente que al perder a su esposo lo está perdiendo todo.

〜〜

Hay una canción de Ed Sheeran con la que inevitablemente pienso en mi padre cada vez que la escucho:

It's alright to cry
even my dad does sometimes.
So don't wipe your eyes
tears can remind you're alive.
It's alright to die
'cause that's the only thing you haven't tried.
But just for tonight, hold on.

Sí, a veces parece gruñón, nada cariñoso y serio, pero no siempre fue así; por eso me sorprendió tanto la vez que lo encontré llorando. Recuerdo perfectamente cuándo fue: todos estábamos muy contentos en la mañana porque había sido seleccionado por una importante revista de negocios como una de las treinta promesas que marcarían el rumbo del país. Nadie movió sus contactos para que fuese incluido entre aquellos líderes; seguro mi abuela o los socios del despacho de arquitectos hubiesen conseguido que apareciera, pero a mi papá no le gustan ese tipo de favores, así que todo el mérito era suyo. La sesión de fotografía fue en exteriores y todos estábamos muy ilusionados.

Mariana no paraba de hablar de lo orgullosa que se sentía de que el talento de su esposo comenzara a ser reconocido; era la más ansiosa mientras esperábamos que la revista comenzara a circular en los kioscos. La mañana de ese lunes, a las ocho de la mañana, ataviada en su *outfit* perfecto para practicar *jogging*, ya estaba esperando al vendedor, y antes de que comenzara a acomodarlas la vio entre la pila que traía.

—¡Deme quince revistas!

—Señora, ¡sólo traigo diez!

—Dime Mariana, guapo, y véndeme las que tengas.

Mi mamá me contaría más tarde que cuando comenzó a hojear la revista se dio cuenta de que algo no estaba del todo bien; en primer lugar, no publicaron la foto que le habían tomado a mi papá y el espacio que habían dedicado a su entrevista era menor en comparación con las otras. Para empeorar la situación, tergiversaron una de sus declaraciones. Aun así, mi mamá le envió un WhatsApp para decirle que el número ya estaba circulando.

Al principio papá recibió la noticia con gran alegría, pero una hora más tarde llegó a la casa hecho una fiera.

—¿Qué tienes, Andrés?

—¿Qué no te das cuenta? Esa periodista es una imbécil, todo lo entendió mal. Además, pusieron lo mío como relleno para cubrir un espacio, quedé como un pendejo ante todos; voy a ser la burla del despacho y no dije exactamente eso que publicaron, de hecho tengo las grabaciones. ¡Los voy a demandar!

—No exageres, amor, estoy segura de que lo entenderán.

—¡Qué! Acaso no entiendes la gravedad de esto, ¿en qué planeta vives? Te importa un carajo todo y nunca me apoyas.

—Andrés, no hables así. Cariño, sólo te digo que no te enfades.

—Soy un idiota. Vine por un poco de comprensión y sólo encuentro más estupideces. Me largo.

Papá azotó la puerta con tal fuerza que se cayó uno de los floreros que estaban cerca, sobre una consola; Mariana comenzó a recoger los vidrios del piso con los ojos llenos de lágrimas. Vi toda la escena desde las escaleras: me llenaba de rabia no poder entender qué pasaba con mi papá. Sin siquiera voltear a ver a mi mamá, salí corriendo al parque; sentía que la sangre me hervía porque me dolía horriblemente verla llorando en el piso. Corrí hasta que las piernas ya no podían sostenerme y me tiré al pasto para ver la inmensidad del cielo. Eso me calmó, pero había decidido regresar y hablar con mi papá. Si bien, las cosas no estaban bien en casa desde hace meses, nunca había sido tan violento. Yo me espanté, pero también me enojé mucho. Mi GC no se había activado lo que era una señal de que enfrentar a mi papá era lo que debía hacer.

Benjamín está seguro de que las cosas más raras pasan así, de repente, sin avisar. Yo iba decida a gritarle y exigirle que me explicara qué estaba pasando por su cabeza para tratarnos así, pero en lugar de encontrarme con un hombre lleno de ira, vi a Andrés Santana llorando: fue así como, por azar, confirmé que papá se había transformado en un hombre infeliz.

~~~

No soy tonta y me doy cuenta de que mi papá ha aprendido a esconder su tristeza; no sé si lo hace para evitar mostrarse débil ante los demás o porque no quiere que yo sufra. Me duele verlo así. ¿Qué fue lo que ocurrió? ¿Quién es ahora "Andrés Santana"?

~~~

Mis padres se conocieron en la universidad donde estudiaban, una de las más prestigiosas y caras del país. Mamá estaba terminando la preparatoria, pero le encantaba el francés y estaba inscrita en el centro de idiomas. Es buena; yo no lo hablo tan bien, pero me gustan los idiomas.

Papá era uno de los chicos guapos, aunque también el más tímido. Era introvertido porque no venía de una familia rica y no llegaba en los automóviles lujosos de sus compañeros ni vestía como ellos: había logrado enrolarse con una beca para estudiar Arquitectura. Tenía el sueño de estudiar en Suiza y por eso se aplicaba para aprender francés;

la verdad es que mi papá es brillante para muchas cosas, pero es un cabeza dura para aprender otro idioma. Por eso, además de las clases regulares, estaba en el club de conversación y ahí fue donde conoció a una de las chicas más guapas, que se ofrecía como voluntaria para dar la bienvenida a los alumnos nuevos: se trataba de Mariana Valiani.

Esto nunca me lo ha dicho mamá, pero la abuela me contó que el día en que mis papás se conocieron cayó una lluvia torrencial que sólo duró treinta minutos. El resultado: un arcoíris doble para decorar el cielo y hacer que esa tarde fuera inolvidable. Mi abuela asegura que cada vez que aparece un arcoíris doble en una tarde, al calor del verano, es señal de que una mujer de mi familia se ha enamorado.

~

Mi abuela Adelaida enviudó muy joven, heredó una fortuna y las acciones de una empresa textil que, sumada al dinero de sus padres, permitían que ella y mi mamá vivieran sin preocupaciones. A pesar de que su vida estaba resuelta en este sentido, a mi abuela nunca le interesó formar parte de las *socialités* de la ciudad.

Cuando ella era niña, acompañó a su hermana a las congregaciones *hippies* de los años sesenta, fue testigo del *love power* y la libertad de la época. Con ellos aprendió a conectarse con el entorno: sentía cuando la Tierra estaba contenta y descubrió cómo escuchar al viento. Adelaida tenía esos dones especiales para hacerse una con la naturaleza; por eso, cuando apareció un arcoíris doble en el cielo supo que el amor había llegado al corazón de mamá y que lo mejor que podía hacer era apoyarla, así que sólo se puso a esperar a que Mariana le contara sobre el chico que acababa de conocer.

Papá y mamá comenzaron a salir. Aunque eran una pareja de guapos, no eran muy populares: mi papá no provenía de una familia de ricos y mamá era hija de una viuda que nunca se volvió a casar, lo que provocaba muchas habladurías entre las señoras conservadoras, que la miraban con recelo; los otros chicos de la escuela los excluían de las fiestas y las reuniones.

Mi abuela aseguraba que rechazó a muchos pretendientes porque estaba segura de que como mi abuelo no habría otro hombre igual; fue su decisión y nunca la he escuchado quejarse por no volver a enamorarse. Y vaya que mi abuela es guapa, alta y elegante; sus movimientos son dulces y siempre camina con mucha dignidad.

No puedo explicar las razones por las que decidió permanecer sola. Parece que es algo de familia: cuando una Valiani se enamora, lo hace con todo el corazón y con una intensidad que a veces parece desquiciar a quienes no las conocen. Estoy segura de que mi abuela seguía enamorada de mi abuelo.

Además, había otra razón muy importante para que Adelaida, la mujer más sabia que conozco, decidiera no salir con los múltiples pretendientes que tenía: ella sabía que la mayoría de los hombres que la invitaban a salir eran miembros de familias que sólo buscaban incrementar sus ya de por sí abultadas cuentas bancarias. Mi abuela, cuando me contó todo esto, me advirtió que su actitud era muy criticada en esa época por las señoras amargadas que acaparaban la sección de sociales de los periódicos.

"¿Qué, no va a salir con nadie?"; "¿Cómo se atrevió a rechazar a tu primo?"; "Debería agradecer que, a pesar de ser viuda, los hombres todavía se fijen en ella para ofrecerle un buen matrimonio", cuchicheaban las damas de sociedad sobre mi abuela y lo hacían de tal modo que siempre había alguien que escuchaba y al final esparcía los rumores igual que sucede hoy en la escuela, así que el *bullying* y la pirámide de opresores sobre los oprimidos no han cambiado mucho desde entonces.

~~~

A pesar de no ser muy popular en la escuela, mamá se sabía más bonita que Julia Roberts en *Pretty Woman*; siempre hablaba de esa actriz americana. Vi la película, y cuando le dije que esa referencia lo único que hacía era delatar su edad, nunca más volvió a mencionarla.

Pero lo más importante es que mi madre era la más feliz porque estaba con el hombre a quien amaba. Si las amigas de mi papá le lanzaban indirectas y hablaban de ella, Mariana no hacía caso porque no le importaba y se sentía contenta de estar con Andrés Santana; lo demás salía sobrando.

Cuando mi abuela me contó que mis padres fueron excluidos por otros, pensé que no importa si estás en la secundaria, en la preparatoria o si ya eres adulto: siempre hay personas como nosotros, que no encajan en el mundo y que sufren el acoso de los demás.

A veces me da miedo pensar que las cosas no van a cambiar, pero también he leído que los grandes héroes han sido personas que eran diferentes a los demás y que estaban inconformes con el mundo que les tocó vivir.

Quien por supuesto no daba crédito era mi papá: Andrés Santana, el chico tímido que estudiaba en una de las mejores universidades y salía con una de las chicas más guapas de la ciudad.

En una inolvidable "tarde de madre e hija", recuerdo muy bien que mi mamá se atrevió a confesarme que papá era el hombre más simpático del mundo, además de brillante. Me dijo que, si bien parecía serio, siempre trataba de encontrar una explicación lógica a cualquier acontecimiento, y eso lo hacía sumamente divertido porque le encantaba compartir sus teorías sobre el funcionamiento de las cosas como nadie lo haría en una situación normal; de pronto se preguntaba qué ocurre con los desechos cuando utilizas un wc en un avión, o por qué sólo hay llamas en Perú. Ese talento tan peculiar lo heredé yo, y ahí estaba también su simpatía, porque él no era ningún pedante: era como Sheldon, el de *The Big Bang Theory*, pero fortachón. Practicaba natación y mi mamá me dijo que tenía el mejor trasero de toda la universidad, aunque estuviese flaco. Obviamente *nunca*, pero *nunca* quieres escuchar a tu mamá hablar así y menos a tus catorce años.

Mi papá era el hombre más noble que pudieras imaginar; se la pasaba ayudando a los demás y tenía la ambición de ser alguien importante para mejorar la calidad de vida de miles de personas. El proyecto con que se graduó fue un fraccionamiento de casas de bajo costo para que la gente pudiese vivir de manera digna. Esta faceta suya le encantaba a mi abuela porque decía que le recordaba mucho a su marido, a quien siempre le gustaba tender la mano a los demás. El abuelo decía constantemente que el propósito de la vida de un ser humano debería ser hacer algo por los demás. Y su meta era: "si hoy puedes ayudar a diez personas, ¿qué acciones debes emprender para llevar esos beneficios a 100 peronas más? ¿Y para llegar a mil?"

¿Qué fue entonces lo que lo cambió? ¿Dónde quedó el hombre bonachón que vestía siempre de *jeans* y *T-shirt* y que le dedicaba canciones de Rod Stewart a su novia? Porque desconozco a ese señor que ahora está conectado como un zombi a su teléfono inteligente. ¿Por qué mi papá abandonó los libros y las ganas de salir a explorar el mundo con nosotras? ¿Dónde estaba el hombre que siempre se preocupaba por hacer mejor la vida de los demás? ¿Por qué nos cambió por un dispositivo manos libres que nunca abandona?

〰

Los problemas empezaron cuando él consiguió empleo en una de las firmas más importantes de arquitectura de la capital. Mi abuela tenía muchos amigos influyentes que le debían favores, así que no fue difícil conseguir que entrara, pero estoy segura de que mi papá no necesitaba la ayuda de la abuela para salir adelante: es un hombre talentoso y brillante, un gran observador, y le encanta recordar los pequeños detalles. De no haber sido arquitecto, seguro hubiese sido un gran pintor, pero la abuela me explicó que para entrar en el club de los ricos tienes que ser uno de ellos: las más de las veces el talento no es suficiente.

Como dije —y no porque sea mi padre—, Andrés Santana es muy inteligente; no le fue difícil brillar con luz propia en poco tiempo. Los proyectos que presentaba comenzaron a ganar concursos y más clientes importantes empezaron a llegar. Si bien muchos eran conocidos de la abuela, quedaban tan satisfechos que ellos mismos hicieron que el nombre de Andrés Santana empezara a darse a conocer, y conforme iba creciendo su fama, también sus responsabilidades: aumentó el tiempo que dedicaba a la oficina y cada vez era menos frecuente verlo por la casa. Lo más triste de todo es que dejó de sonreír.

~~~

Mi papá era una persona que la mayor parte del tiempo estaba contento; aunque mi mamá no lo diga, mi abuela y yo estamos seguras de que eso fue lo que la enamoró.

Mariana Valiani podrá ser todo lo que quieran, a veces un poco insufrible, sobre todo cuando le dan esos ataques de adolescencia tardía, pero es la persona más alegre que conozco. Bencho dice que estoy igual de loca que mamá, y como ella y mi abuela, sonrío todo el tiempo y tengo una conexión especial con la Tierra.

Por eso, cuando mi papá dejó de sonreír, a mi mamá le afectó mucho e iniciaron los pleitos y los reclamos.

~~~

Desde que papá asumió la vicepresidencia de la firma de arquitectos y se convirtió en uno de los socios, sus ausencias comenzaron a modificar nuestra vida familiar. Mi mamá quería estar más cerca de él, lo sentía lejos y lo extrañaba mucho, pero Andrés siempre ponía pretextos. Nunca había tiempo: a diario tenía que asistir a juntas de trabajo, permanecer horas extra en la oficina, sus estancias en el extranjero eran cada vez más largas. Lo que más le dolió a mi mamá fue que, poco a poco, mi padre comenzara a relegarla de los eventos sociales: no podía entender por qué antes iba con él a todas las cenas con los otros socios, a las presentaciones de los proyectos ganadores, a las fiestas de fin de año, y ahora se enteraba por las esposas de los inversionistas, quienes no perdían la oportunidad para describir, con muy mala intención, lo maravillosos que habían sido los brindis, las ceremonias o las fiestas a la que obviamente mi madre no era invitada.

Yo continuamente hacía todo lo humanamente posible para convencer a mi mamá de que ir al club hípico no era una idea brillante; ahí se concentraba un verdadero nido de víboras, todas con miles de cirugías plásticas, que buscaban cualquier pretexto para humillarla. Pero ella se aferraba a la esperanza de reencontrarse con mi padre y arreglar las cosas.

~~~

Mariana Valiani no era como esas señoras siempre vestidas de colores oscuros, con peinados de salón, que cada año se inyectan bótox para luego mostrarse en las revistas de sociales con sus nuevos "detallitos", sin poder esperar el momento para su siguiente cita con el cirujano; no puedo asegurar que sean felices, porque con tantas cirugías plásticas ya han perdido cualquier rasgo de humanidad y es prácticamente imposible saber si están sonriendo o no.

Mi mamá no era como ellas. Mariana Valiani estaba más loca que una cabra, pero era feliz. Ella era todos los colores del arcoíris, alegre, simpática; resultaba muy difícil que pasara desapercibida. Sus gestos, su forma de vestir y de bailar, hacían que la vida fuese un poco más alegre. Ella nunca se inyectaría nada ni se operaría porque su corazón, siempre joven, la hacía ver radiante, y también porque le encantaba vestirse como si tuviera veinte años.

~~~

"Recuerda esto, Avril: todos nuestros actos tienen consecuencias", me dijo una vez la abuela. Parecía que algo oscuro amenazaba ahora a la familia, y que la parte más endeble, nuestro talón de Aquiles, era mi padre.

Los socios de la firma comenzaron a presionarlo para que, poco a poco, se fuese adentrando de manera compulsiva y casi paranoica en el sueño de toda su vida: ser uno de los mejores arquitectos del país. Pero, según sus jefes, había un impedimento: mi madre no tenía una buena imagen frente a los inversionistas. No era recomendable que estuviese por las oficinas ni que acompañara al vicepresidente a los eventos, donde la prensa de sociales y del corazón seguro la acapararía. Cuando mi papá le explicó esto a mi mamá, yo no podía creerlo ni encontraba una razón lo suficientemente fuerte o lógica para que mi padre hubiese accedido a las presiones de la empresa.

No comprendo que los adultos no pueden platicar entre ellos y ser honestos sobre sus sentimientos. Estoy segura de que mis padres se siguen amando; por más que trato de entender cómo es que una persona puede poner su trabajo por encima de su familia, de sus seres queridos y de la mujer que ama, no logro dar con la respuesta.

Por eso, nunca olvidaré aquel día que regresé por la tarde a la casa, dispuesta a enfrentar a mi papá, y lo encontré borracho escuchando *Maggie May*, la canción que una vez —me cuenta la abuela— fue a cantarle en serenata a mamá, imitando a Rod Stewart. No se dio cuenta de que lo observaba; yo sí noté que estaba llorando.

CAPÍTULO 4

MI MAMÁ Y LA COCINA VEGANA

Hay días en los que tienes una gran convicción de que todo vale la pena; te levantas y miras lo afortunada que eres. Todo parece ir de maravilla: el sol brilla con mayor intensidad, el cielo está más azul que nunca y hay nubes blancas por doquier. Pero hoy no es uno de esos días...

No puedo explicarme por qué crecer tiene que ser tan doloroso; juro que no lo entiendo. De lo que sí estoy segura es de que, de pronto, las cosas ya no son como antes.

Cuando éramos más pequeños, el tiempo corría lento y los días felices eran eternos. Tengo frescas, como si fueran de ayer, las imágenes de mis papás en nuestros múltiples viajes a los lugares más recónditos del planeta; no importaba que fuera a otro país o que simplemente nos tomara un par de horas por carretera llegar a un lugar cercano, salir con mi familia siempre era mágico.

Sin embargo, el día más feliz de todos fue cuando decidieron construirme una casa en el árbol del jardín, que sería el lugar ideal para recibir a uno de los seres más especiales en mi vida: *Chester*, un bóxer maravilloso con los ojos más bonitos que hubiera visto nunca. Yo tenía cinco años y papá me pidió que corriera al garaje porque quería mostrarme algo; tengo tan vivo el recuerdo de ese momento que la piel se me enchina. Cuando entré a la cochera, ahí estaba mi mamá y a sus pies una cosita hermosa de cuatro patas que apenas podía caminar: no tengo una definición exacta para el amor a primera vista, pero estoy segura de que mi encuentro con *Chester* fue eso. Mi papá fue quien lo bautizó, dijo que *Chester* era un perro que aparecía en un programa de televisión y que de chico siempre quiso tener uno para llamarlo así, pero nunca pudo; así que, de la manera más dictatorial y autoritaria —lo que rompía con todos los esquemas de decisión democrática establecidos hasta entonces en nuestro clan Santana-Valiani—, le asignó ese nombre al nuevo miembro de la familia.

Chester ya no es el niño juguetón que solía ser; ahora se cansa más rápido, pero sigue igual de cariñoso. Ha estado con nosotros por nueve años y es la mejor compañía de mi vida: quien no ha tenido un amigo peludo de cuatro patas se ha perdido de muchas cosas increíbles. ¿En qué momento creció tanto? Cuando veo sus fotos de cachorro y las comparo con el can elegante que ahora es, me doy cuenta de que el tiempo no se detiene y que las cosas a las que estamos habituados se van transformando. Como la relación de mis padres.

~~

La distancia entre ellos se hacía cada vez más evidente. Por supuesto que me daba cuenta, pero a veces es preferible volverte invisible en tu propia casa. Durante estos últimos días, lo único que me hacía verdaderamente feliz era estar con

Bencho y con *Chester*. Ahí sí, nuestras tardes eran interminables, el mundo se detenía; de pronto, y sin darnos cuenta, anochecía y nos quedábamos viendo las estrellas. Nos bastaba con estar tirados en el pasto, mirando el cielo, con *Chester* echado bocarriba para rascarle la panza. ¿Habría acaso algo que nos hiciera más felices?

En la escuela seguíamos siendo los inadaptados de los inadaptados; nadie nos invitaba a ningún lado, nos sentíamos doblemente marginados. Por un lado, los populares nos evitaban como si fuéramos la peste bubónica que casi acaba con la mitad de la población de Europa en el siglo XIV: luego, el Club de Alumnos Sobresalientes Inadaptados seguía sin confiar plenamente en mí y también se alejaron de Bencho. No sé si eran peor las bromas y que te molestaran, o que te ignoraran olímpicamente. Por eso, como un instinto de sobrevivencia, nos aferrábamos a las noches en las que simplemente nos tirábamos a ver las estrellas junto a *Chester* para imaginar que existía, en algún lugar, un mundo mucho mejor que aquel en que nos había tocado vivir.

A menudo me pasa que en esos momentos simples me siento la persona más feliz del universo; nos reíamos de cualquier estupidez y nos sentíamos con una energía que nos animaba a hacer las locuras más grandes. De pronto todo tenía sentido nuevamente y comenzabas a descubrir objetos, personas y lugares que antes no habías notado. Pero la realidad siempre te alcanza, y en nuestro caso significaba regresar a nuestras casas, que día con día se parecían menos a los hogares donde alguna vez fuimos niños felices.

∿

Muchas veces nos cuesta entender por qué nuestras vidas están unidas al destino de otras personas, pero así es y no hay mucho que hacer. Esto no significa que sea malo del todo; ahí está *Chester*, ha tenido una vida feliz, y yo tampoco puedo quejarme. Pero las cosas cambiaron. Mi papá comenzaba a estar menos en la casa y mi mamá se veía triste, sin color.

Conforme pasaban los días era más evidente que algo no estaba bien entre ellos. Crecí con la idea de que mis padres se amarían para la eternidad y nunca se alejarían; por supuesto que tenían sus diferencias, y si se perdían en el camino, siempre encontraban la manera de regresar juntos a la vida que habían construido. El momento de crisis llegó cuando se distanciaron de tal manera que ya no se dirigieron la palabra durante varias semanas: fue entonces que se activó en mi madre el mecanismo de desconexión del mundo real y comenzaron a ser más notorias sus excentricidades.

Y seré honesta, en mi familia no se nos da eso de la discreción: nos gusta ser el centro de la atención y vestir con ropa multicolor, nos cuesta trabajo mantener la boca cerrada y nos fascina bailar. Por eso, cuando mi mamá se dio cuenta de que algo no estaba funcionando en su matrimonio, ese mecanismo tan peculiar que posee para evadirse de la realidad comenzó a funcionar y su comportamiento raro —de por sí— se agudizó en esos meses.

El primer signo de alerta fue cuando llegó a contarme que se había inscrito en un curso de cocina vegana cruda.

—Mamá, ¡pero si tú no eres vegetariana!

—Todo el tiempo hay algo nuevo que aprender —respondió—. Además, leí en una revista que las personas que consumen carne son propensas a deprimirse más que aquellos que llevan una dieta de alimentos crudos.

Su fiebre por la cocina vegana causó toda una revolución en la casa y en nuestros hábitos alimenticios; un día llegó con una cantidad industrial de libros sobre el tema y tiró toda la comida de origen animal, así como el aceite para cocinar y cualquier producto que hubiese pasado por un proceso de industrialización antes de llegar a la mesa: de un día para otro, dejamos atrás las mermeladas, los embutidos, la mantequilla, todo tipo de carne y quesos, para darle la bienvenida a las nueces, frutas, vegetales y leche de soya que ella misma preparaba. Mi mamá ofreció nuestra casa para que se convirtiera en un laboratorio de cocina crudivegana e impartir clases, así que por unas semanas las personas más extrañas se convirtieron en parte del escenario cotidiano en la sala, los jardines y obviamente la cocina.

Bencho era el más divertido porque sí que eran personas muy raras: los más radicales no consumían nada que tuviese origen animal y organizaban protestas frente a los circos y las corridas de toros. También conocimos a Dante, un *hippie* posmoderno que nació vegano. Sus mamás, Katya y Alexandra, eran unas radicales *light* adorables; además de feministas, amantes de la comida cruda y defensoras de los animales, estaban completamente enamoradas. Dante nos contó que llevaban casi veinte años juntas y a los tres decidieron formar una familia: Katya fue quien llevó a Dante en su vientre, pero él tenía un lazo muy fuerte con las dos y estaba orgulloso de tener a dos mamás como ellas, valientes y decididas a ser felices.

Bencho y Dante se hicieron muy buenos amigos, pero no se frecuentaban mucho porque Dante no asistía de manera regular a ninguna escuela. Alexandra era catedrática y continuamente la invitaban a diferentes universidades a impartir cursos sobre biología; por esa y otras razones, ella y Katya se encargaban de la educación de Dante y sólo iba presentando los exámenes correspondientes para acreditar los cursos. Nos confesó que no tenía ningún problema con ser diferente a los otros chicos de su edad, pero esta forma de vida le había permitido conocer varias ciudades del país y del extranjero, acompañar a sus madres y dedicarse a algo que le apasionaba: la fotografía.

Los nuevos amigos de mi mamá confirmaban las razones por las que mi papá se había alejado: Mariana hacía cosas cada vez más extrañas y para la firma no tenía una buena imagen, sobre todo ahora que mi papá era el vicepresidente.

La depresión de mamá fue en aumento y su interés en la comida crudivegana disminuyó: poco a poco dejó de cocinar y ya no ofreció la casa para que continuaran los cursos. Un día abandonó la ropa de algodón, sus sandalias de madera, diseñadas especialmente para ella, y regresó a las botas de cuero y a comer carne.

Mientras mi madre regreseba a su dieta carnívora, Benjamín viviría uno de los incidentes que lo marcarían para toda su vida. Estaba solo en las regaderas, después de la clase de deportes; era la última, así que no había mucha gente en la escuela. De pronto, llegaron seis tipos del equipo de futbol.

Todos llevaban toallas mojadas, cerraron las llaves y comenzaron a pegarle mientras le gritaban: "¿Y tu noviecito Dante?" "Nos dan asco tú y tu amiguito con sus mamás lenchas." "¿Por qué no se largan ya?" Benjamín se resbaló, se golpeó la nariz y sangraba; los idiotas que lo atacaron se dieron cuenta de la sangre y salieron corriendo, muertos de la risa. Benjamín se quedó en el piso, llorando por un rato.

Katya y Alexandra dejaron de frecuentar la casa, no sé si se horrorizaron con el retorno de mamá al lado oscuro del consumo no sustentable o se fueron por lo que ocurrió con Benjamín; Dante fue quien me lo contó primero, imagino que también se lo habrá dicho a sus mamás.

Y así, de repente, Dante, Katya y Alexandra dejaron de estar en nuestras vidas. La última noticia que recibimos fue un correo electrónico que Bencho me mostró: en él, Dante le contaba que su mamá había aceptado una estancia de seis meses en un centro de estudios universitarios y que tuvieron que mudarse de manera abrupta, por esa razón no había tenido tiempo para despedirse. Mientras Benjamín leía el correo de su amigo, noté un par de lágrimas que recorrían sus mejillas. No recuerdo haberlo visto nunca tan triste.

CAPÍTULO 5

TODO ESTÁ TAN CALLADO, TAN EN CALMA, HASTA QUE...

Correr, correr y seguir corriendo. Hoy por la mañana Bencho, *Chester* y yo fuimos al parque central. Necesitábamos hacer algo que nos hiciera sentir libres, y así como nos gusta tirarnos sobre el pasto por las noches para mirar las estrellas e imaginar que en algún lugar existe un mundo menos hostil, en estos casos también nos gustaba ir al parque y correr sin parar, hasta perder el aliento. Correr así, sin mirar atrás, nos hacía libres y felices.

No desaprovechábamos ninguna ocasión para llevarnos a *Chester*; aunque ya no tiene la energía de hace algunos años, hace su mejor esfuerzo para seguirnos el paso, pero siendo sinceros —aparte, él tiene dos patas más—, quienes terminábamos exhaustos éramos nosotros: acabábamos tan cansados que ya no teníamos energía para acordarnos de las cosas que nos lastimaban. Ya no pensábamos en que éramos los inadaptados de la escuela; olvidaba que el matrimonio de mis padres estaba a punto de terminar y que mi mamá, por más felicidad que quisiera aparentar durante el día, había pasado varias noches llorando. A Benjamín se le olvidaba buscar una explicación razonable para explicar por qué los chicos del futbol lo habían golpeado en la regadera y por qué Dante, a quien consideraba su amigo, se fuera sin despedirse personalmente.

Y fue precisamente ese día que decidimos salir a correr para sentirnos libres cuando nos encontramos a Stephanie. No la soporto. Desde que grabó a mi mamá y subió su video en la red, no ha parado de molestarme. Quería saltar sobre ella y darle una paliza, pero Bencho me detuvo para evitar un nuevo escándalo en mi historial.

Stephanie, para mantenerse en forma, le encantaba salir a hacer ejercicio; bueno, eso es lo que ella decía, pero nosotros, que ya la habíamos visto en un par de ocasiones, descubrimos que apenas corría seiscientos metros y luego se ponía a caminar y a tomarse *selfies* con su teléfono para presumir su *outfit* perfecto, especialmente diseñado para practicar *jogging*, que había comprado en uno de los almacenes de más prestigio en Nueva York. No perdía oportunidad para decirle al mundo que estaba *in*, que cuidaba su salud, y vivía eternamente encadenada a su teléfono celular. Por supuesto, nunca estaba sola: ¿de qué te sirve ser atractiva si no tienes a nadie que te admire? Todo el tiempo se le veía acompañada de un séquito de seguidoras que presumían en las redes sociales que su amistad con la "abeja reina" de la escuela.

No estoy del todo segura, pero tengo la creencia de que, en lo más profundo del superficial y vanidoso corazón de Stephanie, hay una admiración secreta por mi mamá a pesar de sus excentricidades y locuras, y es fácil de entender: Mariana Valiani es la mamá más linda del mundo, lo digo honestamente. Sí, está más loca que una fan de Justin Bieber, pero tiene ángel; adondequiera que va, siempre llama la atención. Es todo lo contrario de Nuria de Otamendi, la madre de Stephanie. Nadie en el planeta puede estimar la edad real de la señora de Otamendi: algunos suponen que tiene mil años, otros 642, y sus mejores amigos subieron una foto de ella a una plataforma de apuestas en Las Vegas para ver quién hacía el mejor cálculo. La verdad nunca se sabrá, porque viene afirmando desde hace ya varias décadas que tiene cuarenta y cinco; yo no lo creo. Lo que es un hecho es que su cara es idéntica a la de sus amigas del club hípico: todas tienen el mismo cirujano plástico y parece que el doctor utiliza un modelo único, ¡porque todas son iguales! Están más intervenidas que la línea telefónica de Kim Kardashian por los *paparazzi*. De hecho, me contó la madre de Bencho que la última vez que el rostro de Nuria de Otamendi registró una ligera mueca que pretendía ser una sonrisa fue cuando convenció a las señoras para que alejaran a sus hijas de mi compañía porque "presentaba claros signos de inestabilidad causados por el comportamiento excéntrico de mi madre".

Obviamente, si no estás en el círculo de todas esas señoras, esposas de banqueros, inversionistas y terratenientes que frecuentan el club, estás en su contra, y al parecer, para conseguir su confianza es necesario luchar contra el envejecimiento y operarse, operarse y seguir operándose hasta quedar irreconocibles por tantas cirugías; por eso mi madre y mi abuela, que jamás han requerido los servicios de un cirujano plástico, son poco apreciadas en esa sociedad de esposas amargadas con sus caras largas, presumiendo sus vestidos Chanel. Empiezo a entender que, además de ser guapa e inteligente, ser una inadaptada es también una herencia de familia.

El hecho es que Stephanie, hija de una de las mejores familias del país, súper popular en la escuela, se dignó a hablarnos en el parque:

—¡*Losers*...! Sí, ustedes. ¡Tienen que venir a mi fiesta de cumpleaños!

—¿Perdón? ¿Nos hablas a nosotros?

—¡Por supuesto! ¿A quién más? Tienen que venir a mi fiesta, estará todo el mundo; literal, t-o-d-o el mundo. Así que no pueden faltar, aunque sean ustedes.

—Oye, gracias mil. Pero, ¿cuándo es?

—El próximo sábado.

—Arg... No podemos, es mi cumpleaños.

—¿Tu cumple es el mismo día que yo nací? ¡Qué *cool*! No te preocupes, nadie iba a ir tu fiesta de todos modos. Yo me encargo, hablo con tu mamá y organizamos todo; o sea, t-o-d-o. *Bye*, nos vemos el sábado...

Stephanie y su séquito dieron media vuelta; a Bencho lo ignoraron. Yo me quedé con cara de idiota y un pequeño dolor en el estómago. Aunque puedo presumir de una inteligencia por encima de la de mis compañeras, debo admitir que nunca encuentro las palabras apropiadas para los momentos importantes, así que Benjamín y yo nos quedamos en silencio, con cara de tontos y compartiendo esa terrible premonición que aparece cuando sabes que acabas de involucrarte en la peor idea posible.

~~~

Las excentricidades de mamá seguían en aumento. Después de las clases de cocina crudivegana vinieron los retiros cabalísticos con el rabino de Madonna, Philip Berg, y el colmo fue la instalación en la casa de una cámara hiperbárica, donde ella pasaba varias horas en la tarde después de pelearse por teléfono con mi papá. Decidió también hacer *casting* para entrar a *Survival*, un *reality* donde un grupo de desconocidos en una isla desierta competían entre sí en las condiciones más extremas; estoy segura que, de haberla dejado, habría sido una especie de suicidio asistido y mi mamá hubiese terminado arrojándose a una fosa llena de cocodrilos para que su muerte fuese transmitida por televisión nacional en horario *premium*. Afortunadamente, cuando Stephanie se comunicó con mi mamá por FaceTime para contarle que había tenido la genial idea de celebrar juntas nuestros cumpleaños, literalmente le volvió el alma al cuerpo: les avisó a los productores de *Survival* que no acudiría al segundo llamado del *casting* y dedicó toda su atención a los preparativos de la fiesta. Por unos momentos se olvidó de los problemas con Andrés —mi papá—, desistió de los cursos cabalísticos del rabino Berg y remató la cámara hiperbárica, que sólo ocupaba espacio en la casa. Mi fiesta de cumpleaños se convirtió en su *leitmotiv*. (Amo utilizar esta palabra. Se la escuché una vez a Bencho y no pierdo oportunidad para usarla.)

¿Debería de estar agradecida con Stephanie por haberme invitado a ser parte de su selecto grupo de amigas? Si los miembros del CASI se enteraban de que celebraría mi cumpleaños con Stephanie confirmarían sus sospechas y nos cerrarían las puertas de inmediato. Conforme se acercaba la fecha de la fiesta, crecía en mí la sensación de que algo no estaba bien. Tenía un presentimiento: la decisión que acababa de tomar, por cualquier lado que se viera, no había sido una buena elección.

~~~

Anoche me despertó una pesadilla; fue un sueño rarísimo, no sé cómo interpretarlo. De hecho, nunca le hago caso a mis sueños, pero entre las últimas locuras de mi mamá estaba su inscripción a un diplomado holístico en interpretación de los sueños, "Escucha tu voz interior", para tratar de entender qué le decía el subconsciente sobre su relación con mi padre. Honestamente no hacía falta que mi mamá tomara un diplomado para descubrir que las cosas entre ellos andaban mal, pero debo aceptar que el tema se volvió un tópico recurrente de conversación en la casa, y ciertamente aprendí que nuestros sueños son señales que nunca debemos desatender.

En la primera parte de mi viaje onírico, vi a una tortuga que había desovado en la playa y sus crías estaban rompiendo el cascarón; muchas de ellas no podían llegar al mar y comenzaron a acercarse las gaviotas para devorarlas. Yo era testigo de lo que estaba a punto de ocurrir y no quise ver, me cubrí los ojos con las manos. Enseguida, aparecía en un quirófano y estaban a punto de intervenirme para hacerme un trasplante de córneas; me resistía, gritaba que no era necesario, que mis ojos estaban bien, y entonces la doctora se acercaba y me decía de manera amenazante: "Si tus ojos están bien, ¿por qué no quieres ver lo que sucede? Te vamos a operar". Desperté empapada en sudor, con una angustia terrible. Me acordé de que ese día era la fiesta, mi mamá estaba emocionada como nunca, y me di cuenta de las cosas tan extrañas que estamos dispuestos a hacer por las personas que amamos.

~~~

Existen tres reglas que deben cuidarse al máximo cuando sales a una fiesta con mamá. La primera es vigilar que no beba alcohol; la segunda es, si bebe, jamás permitir que haga su imitación de Björk cantando *It's oh so quiet*. Y la tercera, cumplir al pie de la letra la primera. Esa noche, ninguna de las tres se cumplió.

La fiesta para celebrar mi decimoquinto aniversario se convirtió en una cadena de eventos desafortunados que culminaron en lo que sería una de las noches más tristes de las que tengo memoria.

La casa de los Otamendi tiene un jardín tan grande que parece que nunca terminas de recorrerlo; ahí es donde decidieron, mi mamá y Stephanie, organizar la fiesta. Ellas, obviamente sin consultarme, establecieron que el código de vestimenta era el blanco, primera ridiculez de la noche. Aunque la decoración era increíble, tenía el toque de mal gusto de la mamá de Stephanie: parecía la carpa de un jeque árabe petrolero casado con sesenta esposas. Y ahora que lo pienso, la señora Otamendi era una extraña mezcla entre una mujer madura muy operada y un jeque árabe.

Calculo que éramos como cuatrocientos invitados, todos vestidos de blanco; Benjamín estaba de un genio que ni él mismo se soportaba. Decía continuamente que habíamos asistido a una de las estupideces más grandes de todos los tiempos. Aunque estaban prácticamente todos los chicos y las niñas más populares, había también mucha gente que no conocía y que no eran de la escuela; lo que me llamó la atención es que bastantes invitados no eran de nuestra edad, incluso me pareció reconocer a varios socios de la firma de arquitectos donde trabajaba papá. Esto ya no me gustaba.

～～

Amo a Tanner Patrick y sus canciones me ponen muy de buenas. Cuando pusieron su música, empecé a creer que quizá exageraba; por un momento de ilusión pensé para mis adentros: "Relájate, Avril, todo va a estar bien".

Benjamín era el que seguía tenso, decía que aquello era demasiado bueno para ser real y que había gato encerrado. Aunque Bencho había finalmente decidido mandar un mensaje por WhatsApp para invitar a todos los miembros del CASI, nadie asistió. Esta situación nos iba a traer muchos problemas en el futuro. Pero lo que más intrigaba a Bencho era cómo acabamos celebrando mi cumpleaños con la chica que se empeñaba en hacer que mis días fueran un infierno en la escuela.

Bencho me contagió su paranoia. ¿Por qué de pronto el interés de Stephanie en organizar su fiesta conmigo? Si siempre nos había ignorado, ¿por qué ahora?

Mientras pensaba en eso, lo que más temía sucedió.

It's oh so quiet
it's oh so still
you're all alone
and so peaceful until...

Solamente alguien en toda la ciudad pediría que tocaran esa canción en una fiesta de adolescentes, y lamentablemente no me equivoqué: Bencho casi me tira del empujón que me dio para que volteara a ver a mi mamá, despeinada, imitando a Björk. Iba corriendo a detenerla cuando Stephanie toma mi brazo para interponerse en mi camino y decirme:

—¡Re-la-já-te! Es una fiesta.

—¡Suéltame, idiota!

Pero ya era demasiado tarde: mi mamá estaba en el centro de la pista, bailando y cantando como Björk. Alguien le dio de beber, conociendo su historia con el alcohol. Todos sacaron su celular para grabarla: yo estaba llorando, apenada. De pronto, descubrí que Andrés, mi padre, había llegado y vio también toda la escena.

CAPÍTULO 6

CUIDADO CON LO QUE PIDES. SE PUEDE VOLVER REALIDAD

Muchas veces tengo el deseo de sumergirme en una alberca y no salir nunca más. Me encantaría vivir bajo el mar: hay un silencio hermoso cuando estás bajo el agua, no puedes escuchar nada de lo que está ocurriendo en el mundo, todo es una paz contagiosa. Esa noche quería hacer eso, salir corriendo, saltar a la piscina y nadar bajo el agua para no salir jamás.

El camino de regreso fue horrible, nunca había visto a mi papá tan enojado. Mi mamá estaba dormida, en completo estado de ebriedad; yo no decía nada. Dejamos a Benjamín en su casa y papá arrancó la camioneta tan rápido que no me dio oportunidad de despedirme.

Evidentemente, alguien muy cercano a nosotros sabía que mi mamá tenía prohibido probar una sola gota de alcohol, le provoca una sensación de euforia con cantidades mínimas en la sangre; hay algo en su metabolismo que los médicos no logran explicar. Por eso tiene prohibidísimo ingerir cualquier bebida, ¿cómo te explico?, ni siquiera sidra de manzana.

Mi padre y mi abuela habían escondido muy bien esta condición de mamá. Yo me enteré hace apenas un par de años: pocas personas fuera de nuestro círculo más cercano lo sabían.

Ya en casa, papá subió cargando a mamá, y cuando le quise decir algo simplemente me hizo una seña para que me quedara callada. Por supuesto que no pude dormir esa noche.

Los recuerdos vienen a mí fragmentados, es como una de esas películas que grabas con una *tablet* y luego pegas las escenas; las tomas están todas movidas y son pedazos de una historia que necesitas ver completa para recordar exactamente lo que pasó.

Una de esas imágenes es vaga, pero está muy presente: Stephanie y la gorda de su madre nunca se le despegaron a Mariana, no la dejaron ni un minuto. Y como yo no quería que me avergonzara, dejé que ellas la acapararan.

Luego, así como *flashazos*, vienen a mí imágenes de risas, chicos bailando, una niña con un *look* horrible de imitadora de Nicki Minaj que se la pasó haciendo *twerking* toda la noche, y mi mamá bebiendo ¡con Stephanie y Nuria!

Tenía una sensación horrible en el cuerpo. Estaba enojada, muy enojada: sentía cómo las venas me saltaban en el cuello. Quería parame, despertar a mi papá y decirle que mamá no tenía la culpa, que todo había sido una treta. Porque, además, ¿quién lo había invitado a la fiesta? No lo había visto por la casa en días; siempre me preguntaba una semana antes qué quería hacer para celebrar mi cumpleaños, pero ese año no me dijo nada y mamá tampoco porque seguían sin hablarse, y si le hubiese preguntado, seguro se habría opuesto porque le disgustaba cualquier actividad que involucrase a mi mamá con los Otamendi. Lo más triste de todo es que, aunque le explicara llorando que Mariana Valiani, mi mamá, la mujer más loca y tierna del mundo, quien me puede desquiciar pero que también me provoca las mayores sonrisas y me hace sentir la más feliz de este planeta, no era culpable de lo ocurrido, estoy segura de que no me hubiese creído.

A pesar de lo que cualquiera pudiese pensar, y aunque a veces se comporta como una adolescente con tarjeta de crédito sin límite, mi mamá no era ninguna tonta: tenía conciencia de las consecuencias que para ella representaba consumir alcohol. Sabía que esa fiesta era importante para mí —ella la organizó—, y que seguro la gran mayoría de los *bullies* profesionales de la escuela sólo estaban esperando cualquier pretexto para confirmar que era una inadaptada y que estaba hasta abajo de la pirámide del orden social; por eso me resultaba aún más extraño que hubiese decidido beber ese día, en mi cumpleaños.

Las siguientes semanas fueron atroces. En la escuela volvimos a ser una vez más la burla de todos. Mi abuela estaba preocupada porque nunca había visto a mis padres tan distanciados. Benjamín era mi único apoyo; no sabía qué haría sin él. Y mi madre entró en una de las peores depresiones de las que tengo memoria.

Mi papá estaba más distante: lo extrañaba mucho y me sentía incompleta. Me dolía mucho saber que mi mamá lloraba a escondidas para que no la viera y que mi familia estuviese desmoronándose. A todo esto, súmale el rechazo en la escuela. Tenía miedo, temía que mi mundo, aquel que hasta entonces había conocido, se encontrara a punto de derrumbarse. Comencé a deprimirme; ya no quería leer ni salir a caminar los fines de semana. Bencho y *Chester* trataban de animarme y evitar que perdiese las neuronas frente al televisor, viendo todas las series idiotas de adolescentes. Luego me preguntaba si la solución era fingir, pretender ser una más de ellas: vestirme para agradar a otros, ponerme de tapete para que la chica más popular de la escuela me aceptara, hablar de cosas estúpidas todo el tiempo, salir con el más guapo, aunque fuese un neandertal transportado del pasado al mundo actual para ser el mariscal de campo del equipo de la escuela.

Además, mi mamá se estaba volviendo gris, le estaba pegando duro la depresión; la prefiero desquiciada, colorida y excéntrica, a verla perdiendo su luz. No sabía qué hacer, por eso fui a ver a mi abuela: ella siempre me tranquilizaba cuando todo se volvía complejo.

Adelaida es una Valiani en toda la extensión de la palabra. Se ha encargado de que sus descendientes lleven el apellido y lo mantengan para preservar su historia; la abuela siempre dice que el nombre es importante porque te mantiene conectada con la familia y las raíces. Siempre es ecuánime, y aunque percibí cierta preocupación suya por los últimos acontecimientos, estaba tranquila y me dijo simplemente que fuera a ver las estrellas. Me pidió que corriera sin detenerme y así lo hice; me acompañaron Bencho y *Chester*. Recuerdo que esa noche el cielo estaba extrañamente despejado. Corrimos sin parar como treinta minutos hasta que caímos rendidos en el pasto: teníamos nuevamente la sensación de que éramos libres, que podíamos ir al lugar que deseáramos. Fue entonces cuando apareció una estrella fugaz, y Bencho gritó: "¡Pide un deseo, pide un deseo!". Sin pensarlo, de manera espontánea dije:

—¡Quiero irme de aquí, estar en otro lugar, ir al otro lado del mundo, lejos de todo!

—¡Cuidado con lo que pides! ¡Se puede volver realidad!

—Te juro, Bencho, que ese es mi deseo. Es lo que quiero, salir huyendo.

—¿Estás segura? ¿Te irías para siempre?

—Obvio no, tontito, a ti no te puedo dejar. Pero te juro que me gustaría seguir corriendo, sin parar...

~~~

Sábado por la mañana. No hay escuela; me levanté tarde. Procuro no hacerlo, pero en los últimos días me he sentido muy desganada. Si por mí fuera, me quedo en la cama toda la tarde con una caja de *Honolulu Cookies* al lado, pero mi mamá estaba abajo, en la sala, llorando sin consuelo. Para incrementar el dramatismo de la escena, precisamente ese día había decidido que la depresión no la detendría. Se paró a las seis de la mañana para salir a correr en el fraccionamiento; no perdía oportunidad de presumir que era tan sexi y atlética como Gabrielle Solis en la primera temporada de una serie de televisión que, para no delatar su edad, veía a escondidas una y otra vez. Después del *jogging* se tomó un jugo verde *detox*, prendió su iPad para escuchar a Meghan Trainor, su cantante favorita, y al ritmo de *All about that bass* comenzó a arreglarse porque iba a desayunar en el club a pesar de las

miradas desaprobatorias de toda la jauría de hienas encope-
tadas, que desayunaban como si el colesterol no existiera.
Mariana Valiani no se iba dar por vencida tan fácilmente.
Escogió su mejor vestido (corto y multicolor), se maqui-
lló y escogió unos zapatos Jimmy Choo rojos de tacón alto
que me pueden fascinar. Todo era perfecto, pero, cuando mi
mamá, estaba a punto de bajar por las escaleras, sonó el tim-
bre. ¿Quién podría ser a las 8:30 de la mañana?

—Señora, la buscan de parte de su esposo. Le traen algo.

—Bajo corriendo.

—¿Señora Valiani?

—¿Sí?

—Represento al arquitecto Andrés Santana. En estos
momentos usted está recibiendo una notificación de que
mi cliente, el arquitecto Santana, ha iniciado el proceso de
divorcio.

Mi madre por poco le destroza la nariz de un portazo.
Cuando abrió el sobre no pudo contenerse y se derrumbó en
un mar de lágrimas. Todo el maquillaje se le corrió, estaba de
rodillas, inconsolable; por más que María —quien nos ayuda
a mantener la casa en orden— tratara de calmarla, era imposible. No escuchaba razones.

Se calmaba, releía la notificación y volvía a estallar en
llanto, en un ciclo que parecía interminable. María y yo nos
quedábamos mirando atónitas sin saber qué hacer. Con mucho trabajo se levantó, se dio cuenta de que la observába-
mos, leyó una vez más la notificación que traía en la mano,
volvió a perder el control y se arrojó sobre el sofá de nuestra
sala blanca, que manchó de rímel y lápiz labial. Su llanto ya
rebasaba los decibeles que un ser humano puede soportar;

Chester bajó y comenzó a lamerle todo el pelo para tranquilizarla, pero no había poder humano ni perruno que la consolara. Lo único que logró parar el drama fue que se había echado sobre su edición mensual de la revista *Vogue*, que traía en la portada a Kate Moss y una nota que llamó poderosamente su la atención.

Afortunadamente ya no podía llorar más; estoy segura de que en esa mañana agotó todas las lágrimas que se había guardado en los últimos veinte años. Y aunado a que se había quedado sin lágrimas, aquel contenido le produjo una expresión en el rostro que sólo aparece cada vez que toma una decisión y todos sabemos que no habrá argumento en la Tierra para disuadirla. Cuando los ojos se le iluminan de esa forma, se ven aún más bellos y aparece una sonrisa maliciosa: entonces todos sabemos que no hay vuelta atrás. Algo se estaba cocinando en la imaginación de mi mamá. Dejó la revista, se acomodó el vestido y ni siquiera subió a desmaquillarse, simplemente se limpió la cara, tomó su bolsa y las llaves del carro.

—María, Avril, no tardo nada. Voy a la agencia de viajes.

En su prisa, dejó la revista y leí el encabezado: "'INDIA CAMBIÓ MI VIDA. ME SALVÓ DEL SUICIDIO': MAGGIE RIVERS"

CAPÍTULO 7

INDIA Y EL CLUB
DE LOS *FOREVER ALONE*

Mi abuela es una mujer sabia, siempre sabe qué decir y encuentra las palabras precisas cuando el corazón se me achica.

Bencho me dijo que huir no solucionaba nada y que, aunque te vayas al otro lado del mundo tus problemas te siguen allá. Pero mi abuela no está de acuerdo; ella cree que de cuando en cuando hay que poner distancia para ver qué cosas dejamos atrás. Poner distancia no es lo mismo que huir, me explicó una vez: alejarte de los lugares que te duelen, de las personas que te han lastimado, te libera. No tienes que tomar un avión, basta con seguir adelante, correr con todas tus fuerzas y no mirar atrás; a la distancia es cuando llega la fuerza para ver qué has dejado. No me quedaba muy claro lo que mi abuela quería decir pero, para ayudarme a entender sus palabras, me pidió que pensará en mi recámara. ¿No te ha ocurrido que si dejas durante mucho tiempo la cama y tus muebles en el mismo lugar, sientes como que te asfixias? Llega un momento en que todo se amontona, que ya no te puedas mover, te tropiezas con todo y ya no puedes pensar. Por eso es necesario renovarse y reinventarse. Cuando haces limpieza, tiras lo que ya no sirve, regalas lo que está en buenas condiciones, pero dejaste de ponértelo, y es entonces cuando te reinventas. Y creo que mi mamá quiere eso, reinventarse.

Amo a mi madre: es adorable, impredecible, simpática y la mujer más dispersa de todas. Sus locuras sólo las entendemos mi abuela y yo. Recuerdo que cuando comenzaron los problemas con mi papá, entró en una crisis que se tradujo en una serie de absurdos: nos dijo que sentía que era tiempo de reforzar su francés y que había decidido ir al sur de Francia, cerca de Barcelona, para pasar unas semanas en un pueblito y practicar allá; luego dijo que no, que estaba muy lejos y que mejor buscaría algo en la Guayana Francesa o en las islas Mauricio. Pero enseguida consideró: "Pensándolo bien, ¿y si me voy a Camboya? Creo que mucha gente habla francés por allá". Atónitas, mi abuela y yo nos miramos a los ojos tratando de entender cómo Mariana había ido del sur de Francia a Camboya, pasando por la Guayana Francesa y las islas Mauricio; la confusión geográfica que traía en la cabeza sólo era un reflejo del estado emocional en que se encontraba. Así que cuando llegó con la firme determinación de que India sería el destino de su siguiente locura, al principio pensamos que era lo mismo que con sus estudios de francés, pero cuando vimos los boletos en su mano, no tuvimos más remedio que apoyarla.

Me queda claro que soy la presidenta honoraria del club de los *forever alone*. ¿Quién está dispuesta a acompañar a su madre en la más desquiciada de sus locuras con sólo quince años recién cumplidos? La respuesta es sencilla: yo. Sólo yo estoy dispuesta a pasar el mes completo de mi verano con mi madre en un país desconocido. Las únicas dos referencias que mi mamá tiene sobre India son la película *Comer, rezar y amar* de Julia Roberts y la entrevista de *Vogue* donde Maggie Rivers, una de las publirrelacionistas de la televisión estadounidense más exitosas de todos los tiempos, acepta que haber pasado una temporada con Swami Anandananda ("La Dicha de la Dicha"), un monje hindú reconocido mundialmente, la salvó de la depresión. Además, ¿a quién le desagrada viajar? El problema no es ese, el dilema está en que mi mamá no es la más adecuada para resolver problemas de logística: sabe que la capital es Nueva Delhi, que Gandhi es el héroe nacional y que Los Beatles aprendieron meditación trascendental allá, ¡pero no más! Como sea, decidió que con estos datos era más que suficiente para comprar dos boletos de ida a un país desconocido al otro lado del mundo, afirmando simplemente: "Sigue tu intuición".

Cuando le comenté a mi abuela Adelaida de esa decisión, tan sólo sonrió; me dijo que destino era destino y contra eso no puedes hacer mucho. Bencho no dejó de hacerme bromas. Me dijo:

—¿Ves, Avril? Te lo dije: ten cuidado con lo que pides, nunca sabes si se hará realidad.

Yo no tenía muchas opciones para cambiar lo que estaba viviendo, pero me quedaba claro que, si permitía que mi madre viajara sola, las posibilidades de que regresara sana y salva eran una en un millón.

Además, quería salir huyendo, correr sin parar, poner un océano de distancia entre lo que sentía y lo que ocurría en mi casa, en la escuela y en el mundo. La abuela no mostró una gran oposición: por un momento tuve una ligera idea de que sabía lo que vendría. Así que, sin presentar mucha resistencia, dejé que las cosas tomaran su rumbo. Mi mamá había comprado dos boletos para viajar a India y yo quería alejarme de toda la porquería que estaba viviendo. A pesar de lo desquiciado y loco que pudiese parecer, acompañaría a mi madre para que viviera su aventura y lo hice muy a la Valiani, es decir, sin pensar en las consecuencias.

He aprendido que no importa lo triste que estés, en la memoria siempre tenemos recuerdos felices.

Conforme se acerca la fecha del viaje y vamos afinando los preparativos, he detectado que Benjamín no está del todo contento; lo he visto distante, alejado de mí e incluso enojado. El colmo fue cuando le pedí que me acompañara por un helado de yogur y simplemente me dijo que tenía mucho que leer... ¡¡¡En viernes!!!

—¿Te pasa algo?

—No, nada.

—Vamos, deja de hacerte el tonto y dime qué es lo que tienes.

—Ya te dije que nada. Déjame en paz y vete a India.

Nunca nos había pasado algo. Desde nuestro primer y

único beso en el concierto de Ed Sheeran, dejamos en claro que nuestra amistad estaría cimentada en la honestidad, en decirnos la verdad, aunque a veces no fuese agradable; yo confiaba en él, y creía que él confiaba también en mí, así que no podía entender por qué estaba tan molesto. Lo que más me desconcertaba es que no me tuviera la confianza para decirme qué era lo que en verdad le molestaba.

~~~

El sábado, en la mañana y en la tarde, estuve marcando el celular de Benjamín un millón cuatrocientas cuarenta y cinco veces; no me contestó. Le mandé trescientos cuarenta y dos mensajes por WhatsApp, novecientos toques por Facebook, ochenta y nueve hashtags de *#ContestaBencho* por Twitter, y nada. Incluso lo traté de *stalkear* por Foursquare para ver dónde andaba, y nada: nada, nada, nada. No me atreví a ir a buscarlo a su casa porque sus padres sabían que si no estaba conmigo era muy poco probable que estuviese con alguien más, así que no quería preocuparlos.

El único lugar donde imaginé que podía estar era en nuestro parque, así que me llevé a *Chester* y comencé a correr como siempre lo hacíamos; el cielo estaba particularmente estrellado esa noche. La intuición no me falló y justo en medio del parque, donde no había árboles y el pasto estaba iluminado por la luz de la luna, se hallaba sentado Benjamín Choep, solo. Percibí su tristeza. Creo que ese don que tenemos las Valiani nos hace tener una conexión especial con los demás, porque en verdad me sentí triste y también percibí el miedo en mi amigo, un miedo nuevo que ahora él sentía.

—Bencho, ¿estás llorando? ¿Qué pasó?

—Vete, déjame solo.

—Bencho, si quieres no me digas nada, sólo déjanos estar contigo. Aquí está *Chester*.

Abracé a Bencho y se soltó a llorar. Nunca lo había visto tan frágil, tan asustado.

—Avril, creo que me gustan los chicos. Mi mamá me encontró con Dante en el jardín de la casa; no te lo quise decir. Los del equipo de futbol se enteraron, creo que mi mamá se lo contó a una de sus amigas. Este verano será un infierno. Y tú no estarás.

No supe qué decir. Desde el incidente en las regaderas de la escuela, Bencho se volvió más introvertido con sus cosas, antes era mucho más abierto y me contaba todo lo que le pasaba; conforme convivíamos más después de nuestro fallido primer beso, comencé a intuir que le gustaban los chicos, pero nunca quise presionarlo para que me lo contara. Así que hice lo mejor que se me ocurrió y le dije:

—No te preocupes, no estarás solo. Mi abuela hablará con tus papás: te vas con nosotras a India.

Bencho volvió a sonreír como el día en que lo conocí.

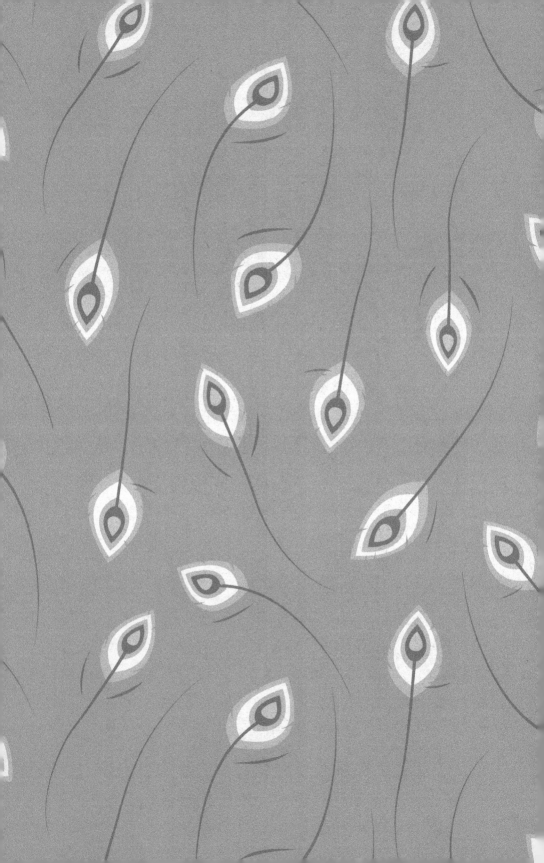

CAPÍTULO 8

TU VIDA EN UN VUELO DE MÁS DE VEINTICUATRO HORAS

Los aeropuertos me gustan, pero por más que me puedan encantar, nunca habíamos hecho un viaje tan largo. ¡Nos tomaría casi dos días llegar a India!

Bencho estaba feliz; mi mamá, desconectada. Cada vez que recordaba que mi papá quería anular su matrimonio, estallaba en llanto: podía pasar de la calma a las lágrimas en menos de cuarenta y ocho segundos.

Confieso que admiro a mi mamá, es única. A mi papá le desesperaba que Mariana nunca entendiera que tacones altos, vestidos entallados, una bolsa enorme de diseñador y mil accesorios eran el *outfit* más impráctico para viajar: siempre que pasábamos por los controles de seguridad causaba un espectáculo sin paralelo que evidentemente provocaba el enojo de los pasajeros que esperaban en la fila. Todos nos desquiciábamos, pero al parecer ella no dimensionaba lo que ocurría. Era como si se manejara en piloto automático, es decir, con su GET.

Bencho y yo nos ocupábamos de que todo estuviese en orden. Volaríamos primero hacia Toronto, Canadá; de ahí a Zúrich, Suiza, y finalmente a Delhi, India. El dueño de la agencia de viajes convenció a mi mamá de que esa era la forma más efectiva de llegar a tiempo para iniciar el retiro de desintoxicación emocional al que se había inscrito; yo estaba segura de que teníamos más opciones.

~~~

Nuestro primer tramo fue de cinco horas; el avión era cómodo y grande. Yo iba muy pensativa. Mamá activó su GET, así que se distraía en todas y en cada una de las tiendas: había encontrado en los pasillos del *duty free* la puerta al paraíso.

Bencho y yo teníamos que hacer un esfuerzo sobrehumano para evitar que mi madre comprara por impulso una gran cantidad de tonterías que no tenía caso llevar a un país desconocido. Todavía no sabíamos lo que nos esperaba y llevábamos ya cinco maletas: dos mi madre, dos yo (al fin y al cabo, hay cosas que se traen en la sangre y no se pueden evitar, como llenar dos maletas con ropa en cualquier viaje, por si acaso), y Bencho una.

~~~

El primer tramo pasó sin ningún contratiempo hasta que llegamos a Zúrich. Nunca antes había experimentado una turbulencia tan fuerte; no sé si para los europeos sea normal, pero Bencho y yo estábamos espantados. Mi mamá iba bajo los efectos de un sedante que siempre tomaba antes de viajar, así que no se dio cuenta de lo horrible que fue el aterrizaje: pensé que tendríamos un accidente y tomé la mano de Bencho con fuerza. Él estaba pálido como la nieve y no decía una sola palabra, ni siquiera me miraba; venía muy tenso. Mi mamá estaba como la bella durmiente, con una sonrisa de oreja a oreja, sin percatarse de nada. Por primera vez pensé que podría morir; no quiero sonar exagerada, pero confieso que tuve miedo. De pronto me di cuenta de que si moría en aquel instante, lo haría acompañada de dos de las personas más importantes de mi vida: mi BFF, más asustado que *Chester* cuando escucha los fuegos artificiales durante las celebraciones del Día de la Independencia, y mi madre, más sedada que nunca. Así pues, acompañada de mi mejor amigo y de mi madre, comprendí que es más fácil enfrentar tus miedos si sabes que no estás sola en el mundo.

~~~

Al aterrizar, todos los pasajeros aplaudimos al piloto; yo estaba furiosa, Bencho tuvo que ir al baño inmediatamente y mi mamá se despertó para preguntar si ya habíamos llegado.

El aeropuerto de Zúrich es muy bonito, pero nadie habla ni voltea a verte; hay una sensación de silencio un tanto escalofriante y todo es muy sobrio. Finalmente encontramos la sala para abordar la conexión con Swiss Airlines. Por intuición y buena suerte, llegamos a tiempo. Mi madre casi volvió a armar un escándalo de dimensiones internacionales cuando, en la revisión de maletas, le quitaron un champú, un acondicionador, un revitalizador para el cabello, tres frascos de perfume francés artesanal y un tarro de crema antiarrugas que excedían las dimensiones permitidas en los aviones. Ya se lo había advertido, pero no me hizo caso pues siempre resolvía estos pequeños inconvenientes con una táctica de coqueteo infalible: cerrarles un ojo a los supervisores. Si esto no funcionaba, lo volvía a intentar, pero esta vez añadía un ligero movimiento de cadera sincronizado con una sonrisa simpática, y así lograba pasar lo que fuera. Le funcionaba perfectamente en América, pero ahora, en Suiza, los revisores de los controles de seguridad eran inmunes a los encantos de una Valiani, así que no tuvo más remedio que dejar su *kit* de belleza para el periodo vacacional no sin antes armar una pequeña trifulca que casi le cuesta el ingreso a la sala de abordaje; afortunadamente todo quedó en un pequeño malentendido que resolvimos gracias a mi dominio del francés y a las habilidades diplomáticas que había aprendido en la secundaria al simular una sesión de trabajo de Naciones Unidas, por lo que después de calmar a Mariana, convencer a los guardias de que no representaba ningún peligro y medicar a Bencho con remedios para su estómago, por fin abordamos el vuelo que nos llevaría a India.

Pocos extranjeros íbamos en el avión, la mayoría eran indios; me sorprendió ver su porte y el orgullo con que, de manera elegante, vestían su ropa tradicional. Una pareja joven llamó mi atención. Sus maletas de diseñador evidenciaban que pertenecían a una clase acomodada: él utilizaba un turbante blanco y ella, lo que Bencho me explicó, un sari debajo de una chaqueta muy bonita. Me acordé de mi abuela: nunca ocultó sus orígenes y jamás renegó de esa maravillosa conexión que tiene con los chamanes y la Tierra. A muchos nos incomoda mostrarnos como somos, siempre usamos máscaras y nos da pánico sentirnos diferentes a los demás. Mi abuela me recordaba siempre que una persona debe sentirse orgullosa de quien es porque, decía, somos la historia de nuestros papás, nuestros abuelos y de varias generaciones atrás, en una nueva versión de nosotros mismos con la oportunidad de dejar este mundo un poco mejor que como lo encontramos.

Cuando vi a ese matrimonio de indios, pensé en lo que me había enseñado mi abuela Adelaida y me sentí muy contenta. Bencho estaba completamente absorto viendo películas en el avión y mi madre, por supuesto, dormida como consecuencia de los sedantes que se había tomado antes con una malteada de vainilla.

A mí me empezaba a vencer el sueño; no tardaría nada en cerrar los ojos y ponerme a soñar. Me sentía emocionada. Sabía que en unas horas más mi mejor amigo, Benjamín Choep, no perdería la oportunidad de decirme: "¡Buenos días, Avril! ¡Estás en Delhi!".

CAPÍTULO 9

ENCANTADA DE VOLVER A CONOCERTE

¿**A**lguien ha visto la película *El regreso de los muertos vivientes*? Bueno, mi madre, Bencho y yo estábamos listos para hacer el *casting* sin maquillaje: nos veíamos fatales. Bencho, después del susto del pseudoaterrizaje en Zúrich que casi nos cuesta la vida (obvio, estoy exagerando), se enfermó terriblemente del estómago; estaba más pálido que el arroz blanco que nos sirvieron en la cena con vegetales y curry. No comía nada y sus ojeras eran de antología.

Mi madre, después de dormir otra vez el trayecto entero de Zúrich a Delhi, se levantó sin maquillaje, despeinada y con el rostro acusando los efectos de haber permanecido sedada durante doce horas. Ella, insisto, es la mujer más bella del universo entero, pero como siempre está arreglada y cuida cada detalle de su guardarropa incluso para las tareas más banales, como practicar *surf yoga* o salir a caminar con *Chester*, se veía terrible.

Así fue como nos bajamos del avión; todavía no éramos del todo conscientes de lo que habíamos hecho ni del lugar donde estábamos. Y entonces nos encontramos con la

DAN SAM

primera imagen que nos impactó de este maravilloso país: el aeropuerto nos recibía con un mural enorme de unas manos con los dedos en distintas posiciones. Saqué mi celular, comenzamos a *googlear* para saber qué eran y descubrimos que estábamos ante unos mudras, gestos propios del hinduismo y el budismo que expresan determinadas cualidades; hay mudras de protección, de valentía, de fortaleza, de amor, de compasión, etc.

Bencho, Mariana y yo estábamos fascinados: después de un viaje tan largo, observar los mudras nos provocó una sensación difícil de describir. No era necesario que lo comentáramos entre nosotros, pero sentíamos que India nos daba la bienvenida y al mismo tiempo nos decía que no seríamos los mismos después, al regresar.

Este es el decálogo sobre el teléfono celular que aplica a todos los que deseen integrarse al CASI:

- Amarás a tu celular por sobre todos tus objetos personales.
- No robarás el celular de ningún otro miembro del CASI.
- Tu celular será un teléfono inteligente.
- Tú eres más inteligente que tu teléfono inteligente.
- Trabajarás duro y ahorrarás tus mesadas para invertir en un teléfono inteligente.
- Antes que invertir tus ahorros en ropa, comida, viajes, regalos (a menos de que sea un obsequio para Chester), tu primera inversión será en un teléfono inteligente.

- Las aplicaciones que utilizarás en tu teléfono lo harán aún más inteligente.
- Desempeño y rapidez matan acumulación de apps que no aportan inteligencia a tu teléfono.
- Compartirás con los otros miembros del CASI las aplicaciones tecnológicas que contribuyan a incrementar la inteligencia de tu teléfono.
- Utilizarás tu teléfono inteligente para comunicarte con los otros miembros del CASI siempre eficazmente, y sólo usarás la aplicación *Encuentra a tus Amigos* con quien salgas formalmente en una relación.

Bencho, debo admitirlo, es un maestro en el arte de sacar el mayor provecho a las aplicaciones del teléfono, y en nuestro viaje con Mariana sus habilidades nos ahorraron muchos dolores de cabeza. Para empezar, llegamos a la una de la mañana. Bencho pudo rastrear una señal de WIFI para conectarse y desde ahí comenzó a dirigirnos para hacer el cambio de dólares a rupias; puedes conseguir casi setecientas rupias por diez dólares americanos. El siguiente paso era llegar al hotel.

Dentro del aeropuerto contratamos un taxi que nos llevaría a la dirección que teníamos anotada en el celular de Bencho. Afuera hacía un frío terrible y se nos acercó un hombre alto, delgado, vestido de blanco con un chaleco; tenía el cabello todo desaliñado y la piel de un moreno oscuro profundo. Pensé inmediatamente que había nacido en un país donde seguro brillaba mucho más el sol.

El color de su piel destacaba enormemente la pureza de sus ojos. Nos miró con atención y leyó la dirección, asintió con la cabeza y agarró nuestras maletas para subirnos al taxi.

No hablaba una pizca de inglés y no le entendíamos nada. Al salir del estacionamiento del aeropuerto había un retén y los policías comenzaron a discutir con el taxista; elevaron la voz y por un momento pensamos que comenzarían a golpearse. Entonces nos dijo:

"*Passports, passports, passports!*". Todos nos miramos con expresión de asombro, sin saber qué hacer: finalmente Bencho reaccionó y tomó nuestros pasaportes para entregárselos al taxista. Después de revisar los documentos nos dejaron ir y continuamos rumbo al hotel.

Eran casi las dos de la mañana, afuera helaba y unos kilómetros adelante construían un puente de concreto para, imagino yo, ayudar a que el tráfico vehicular mejorara. No me hubiera fijado en esa obra de no haber visto lo siguiente: había aproximadamente veinte mujeres que vestían saris, la prenda tradicional de las mujeres en India, pero los que portaban estaban en harapos y ellas eran muy delgadas, casi en los huesos; no sé cómo soportaban el frío porque no traían nada más que las protegiera del congelante viento.

Estaban trabajando a esa hora de la madrugada, ¡cargando bloques de concreto sobre la cabeza!

Bencho y yo no podíamos creer lo que veíamos. Me volví a mirar a mi mamá: observaba atónita a esas mujeres desnutridas sin ninguna protección contra el frío, con su piel oscura y los rostros sin expresión. Sus miradas eran indescriptibles. Sin querer, noté que mi mamá lloraba: su cara era otra, me recordó a mi abuela Adelaida. Fue entonces que volvieron mis años de infancia y pude ver con claridad los recuerdos de cuando Mariana era feliz, libre y estaba enamorada profundamente de mi papá; en ese momento tuve la certeza que esa era ella, sin máscaras, sin locuras para llamar la atención. Apenas habíamos llegado a India y ya comenzaba a impactarnos. Me conmovió ver a mi madre llorar por esas mujeres que vivían en circunstancias tan distintas a las que ella le había tocado. En ese momento vi otra vez sus lágrimas y pensé: "Mamá, encantada de volver a conocerte".

~~

Una amiga de mi mamá se lo había recomendado. Honestamente, las amigas cercanas de Mariana están igual o más despistadas que ella misma. Le dijo que era un hotel ideal para llegar y pasar una o dos noches en Delhi, y lo aseguró con tal convicción que Mariana dijo que sí y le pidió al agente de viajes que nos hiciera reservaciones allí. A pesar de las objeciones del personal en la agencia, quienes se empeñaron en disuadirla, mamá confiaba ciegamente en las pocas amigas que conservaba. Lo que nunca nos confesó mi madre es que su amiga le dijo que guardaba los mejores recuerdos de su juventud *hippie* en ese hotel de India, ¡¡¡hacía más de treinta años!!!

Cuando el agente intentó por última vez convencerla de que era una mala idea, mi madre se acordó de que mi padre le había pedido el divorcio y entró en una crisis de llanto inconsolable que aquella persona no tuvo más remedio que reservar inmediatamente en el lugar que había pedido.

Así pues, conforme nos adentramos en la ciudad, descubrimos que no había nadie en las calles y entramos en un barrio donde las avenidas no estaban pavimentadas; mi mamá activó de nuevo su GET y estaba más ausente que nunca. Bencho y yo nos mirábamos con asombro: no era necesario expresarlo en palabras, pero creo que ambos nos preguntábamos en ese momento qué demonios habíamos hecho.

Cuando pensamos que no podía ser peor, llegamos al New Delhi Pride Darbar: se anunciaba en su página de internet como un hotel confortable y en las fotos se veía muy bien, pero cuando llegamos nos encontramos con todas las luces apagadas y una cadena en la puerta.

Bencho bajó temeroso del taxi; nuestro conductor nos cobró trescientas rupias, que mi mamá le pagó inmediatamente. Como Bencho tardaba mucho en la puerta y veíamos que nadie le respondía, nos bajamos las dos y el taxista, ni tardo ni perezoso, sacó las maletas y arrancó el automóvil para dejarnos. De modo que estábamos allí a las tres de la mañana, en una calle de Nueva Delhi desierta y con poca iluminación: Bencho con cara de preocupación y un nuevo dolor de estómago, yo angustiada porque perdía el control de las circunstancias, y mi mamá con su reacción ya conocida de evasión total cada vez que era necesario tomar decisiones importantes. Pero eso sí, con unos tacones Jimmy Choo, un sombrero de ala ancha, cinco maletas a los costados y lentes oscuros para ocultar el cansancio del viaje.

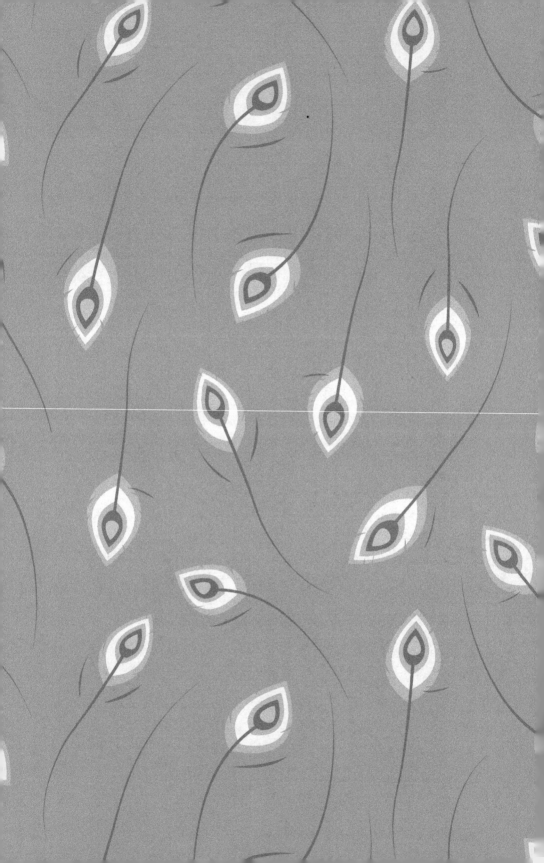

CAPÍTULO 10

BUENOS DÍAS, AVRIL, ¡ESTÁS EN DELHI!

Mi abuela Adelaida siempre dice que nos da miedo perder lo que más amamos; en eso pensaba cuando vi a mamá desempacar en nuestro hotel de Delhi. Después de atestiguar el desfile de vestidos, accesorios, sombreros, zapatos, lentes oscuros, perfumes finos, cremas y maquillajes que salía de sus maletas, comprendí que no conocía el miedo ni los límites: en lugar de enfrentar la demanda de divorcio que le había enviado mi papá, decidió salir corriendo sin mirar atrás. Y aunque mi abuela nos ha explicado que es bueno poner un poco de distancia para enfrentar los problemas desde una nueva perspectiva, la realidad era que Mariana había exagerado y ahora estábamos a miles de kilómetros de casa, en un país desconocido.

~

Nuestra primera noche en Delhi fue de lo más extraña. El hotel era viejo y no había un wc para sentarse, ¡sino una especie de orificio en el suelo! Bencho estaba conmocionado y mi madre, ensimismada en su revista —que se había convertido en su guía inseparable en este viaje—, releía la entrevista donde Maggie Rivers, la conocida publirrelacionista de las estrellas de Hollywood, relataba cómo cambió su vida, al borde del desastre, al acudir a un retiro espiritual en India.

Ahora que lo recuerdo, como sé que la actriz favorita de Mariana es Julia Roberts, seguro ya se creía que estaba protagonizando su propia versión de *Comer, rezar y amar*.

Como teníamos los horarios alterados y no podíamos dormir, nos pusimos a ver la televisión. No había nada en inglés y en unos canales transmitían videos musicales rarísimos, con moda de los años ochenta; todos bailaban unas coreografías increíbles. Bencho, por supuesto, estaba feliz ya que gracias a su tío Solomon se había vuelto fanático de todas las manifestaciones de la cultura pop de los ochenta.

Lo primero que me llamó la atención fue el colorido, creo que a mamá y a mí nos encantó eso. Somos unas Valiani, es decir, grises no somos y nos encanta vestir con cuantos colores se pueda; bueno, yo era un poco gris a raíz de los últimos acontecimientos, pero creo que comenzaba a reconciliarme con el colorido que India nos ofrecía.

En otros canales proyectaban sesiones de una persona que enseñaba yoga: los participantes recitaban cosas extrañas y estaban como en un trance eterno, pero con cara de felicidad. Aunque la señal de WIFI era terrible, Bencho hizo malabares para explicarme que el maestro, que se movía como un contorsionista del Cirque du Soleil, era nada más y nada menos que un gurú, es decir, un maestro espiritual, y lo que todos repetían eran mantras o palabras sagradas. Yo tenía la imagen de las maestras de *surf yoga* y *hot yoga* de mi mamá, todas tienen *look* de modelos con cuerpos perfectos, sin un gramo de grasa; nada que ver con el hombre que aparecía en televisión vestido con una túnica naranja, moreno, de poco pelo y en los huesos.

Ante esta y otras situaciones donde todo era raro y distinto, Bencho y yo nos mirábamos mutuamente, como preguntándonos qué estábamos haciendo en India; realmente comenzamos a sentir una especie de ira y de desesperación. Puedo leer perfectamente a Bencho, por algo es mi BFF, y sé perfectamente cuando está enojado, así que estábamos a punto de empezar a discutir por haberle seguido el juego a mi madre, cuando sus ronquidos nos sacaron de nuestro encono. Nos volteamos a ver, nos reímos como idiotas y el sueño nos venció.

$$\sim\!\!\sim$$

—¡Buenos días, Avril! ¡Estás en Delhi! —me dijo Bencho terriblemente emocionado. Creo que luego de descansar por fin nos dimos cuenta del lugar donde nos encontrábamos y de todo lo que habíamos viajado para llegar allá; lo que no entendíamos exactamente era por qué habíamos decidido seguir a mi madre en esta locura, y por supuesto, ni siquiera imaginábamos cómo nos marcaría.

Nuestro hospedaje incluía el desayuno, así que mi mamá, Bencho y yo subimos a la terraza, donde había varias charolas para que uno eligiera lo que quisiera comer. Mariana comenzaba a desconectarse de su GET, y el golpe de la realidad le llegó de súbito:

—Avril, i¿qué hicimos?! Aquí ni siquiera hablan inglés.

—Mamá, nosotros sólo te seguimos, ¡así que, *enjoy!*

—Sabes, no me importa: le voy a hablar a tu padre. Estamos en el fin del mundo.

—Planeta llamando a Mariana. Mamá, no quiero ser intensa, pero ¡estamos aquí porque mi papá te pidió el divorcio y no habla contigo desde hace semanas!

En ese instante, bajo el contaminado cielo de Delhi, en una terraza con una vista que nos permitía contemplar una variedad asombrosa de colores y rostros felices, Mariana Valiani —todavía de Santana— rompió en un llanto estruendoso que llamó la atención de todos los huéspedes que desayunaban, la mayoría extranjeros.

Bencho, que ya se había acostumbrado a los súbitos estallidos de mi madre, ni se inmutó y estaba enfrascado en descifrar lo que íbamos a desayunar. Con la mala señal de WIFI que teníamos en el hotel, su conexión fallaba constantemente y lo mismo su comunicación con una comunidad virtual que había creado con otros miembros del CASI: los que todavía mantenían contacto con él (porque la noticia de que éramos amigos y estábamos en India había corrido como fuego y varios de los integrantes se indignaron profundamente porque veían con recelo que me estaba volviendo muy popular), lo ayudaban con mucha información ya filtrada sobre el país asiático. Era mucho más fácil hacerlo de esta manera que buscar directamente en Google, porque el CASI reunía a varias de las mentes más brillantes de la escuela, y como no tenían vida social, se la pasaban conectados a sus teléfonos inteligentes o a sus computadoras y estaban en condiciones de ser un filtro excelente para obtener información precisa y actualizada. Bencho les enviaba las fotos y ellos le mandaban una descripción de nuestro desayuno indio. Así que lo que estábamos a punto de comer era una especie de sopa espesa de garbanzos y lentejas molidas, arroz, un potaje de no sé qué y unos panes sin levadura. Los panes me encantaron, se llaman *naan* y se comen con mantequilla; fueron mis favoritos. Las lentejas molidas son típicas en el desayuno y se conocen como *dal*. Pero lo mejor vendría al final. Uno de los meseros, de piel de un moreno oscuro intenso y unos ojos que permitían ver su pureza de corazón (un rasgo que llamó nuestra atención desde el momento en que salimos del aeropuerto, ya que es una característica de muchos indios), y que portaba unas sandalias muy desgastadas, nos trajo unas bebidas: era té, o chai, como todos lo conocen. Aunque mi abuela solía preparar los mejores tés e infusiones que se pueden probar en nuestra ciudad, el chai sabía a un lugar donde nunca había estado antes.

Bencho y yo nos dimos cuenta de que estábamos inmersos en un mundo totalmente distinto que se nos mostraba de golpe. Todo llamaba nuestra atención: los rostros, los sabores, los colores, los olores. La gente se mostraba muy amable y mi mamá dejó de llorar. Como no hay mejor aperitivo que el hambre, con una alegría desbordada se atrevió a probar lo mismo que nosotros, resultado de que no habíamos probado alimento y que, según Bencho, necesitábamos proteína para funcionar de manera óptima (en verdad odio cuando Bencho comienza a contabilizar la comida entre calorías y proteínas, pero creo que tiene razón).

Pero estoy segura de que lo que nos tenía más contentos era la emoción de descubrir que el mundo, como lo concebíamos hasta ese momento, era mucho más grande que todo lo que habíamos leído o visto por televisión.

CAPÍTULO 11

VOLVER A SER BONITA OTRA VEZ

Si todas las historias que vemos en la televisión o leemos en los libros tienen finales felices, yo, Avril Santana Valiani, empiezo a darme cuenta de que no tengo ni la más mínima idea de lo que ocurrirá durante nuestros días en India ni de cómo terminará nuestra aventura en este lado del mundo. Todo es tan distinto: las comida, los olores, el idioma. ¡Y apenas vamos llegando!

Después de sobrevivir al masala o mezcla de especias de nuestro primer desayuno indio, teníamos previsto estar unos días en Delhi antes de emprender el camino a Rishikesh, donde estaríamos dos semanas en el retiro de desintoxicación emocional al que mamá nos había inscrito; el Club de Alumnos Sobresalientes Inadaptados seguía respondiendo a todas las consultas de Bencho y nos explicaron que el masala era el corazón de la cocina india. También nos recomendaron pedir siempre que no fuera picante porque, aunque por lo regular tienes tres opciones, uno debe entender que:

- *No picante* significa que pica un poco y todavía es comible para un occidental.

- *Medio picante* es una invitación directa a que tu estómago pase un mal rato, pero puedes encontrarle un gusto culposo. Es como subirte a la montaña rusa más grande de todas: sabes que sufrirás con el mareo y el vértigo, pero la adrenalina y el riesgo son más seductores que los malestares futuros.
- Y finalmente *picante* significa que no saldrás del baño en los próximos cuatro días.

Después de nuestra breve inducción al secreto principal de la gastronomía india, decidimos que estábamos listos para explorar una de las grandes capitales del planeta. Los tres nos preparamos a nuestra manera: Bencho bañado en bloqueador, porque era su forma de protegerse de los rayos ultravioleta, y mi mamá maquillada como estrella de cine, con unos zapatos de plataforma tan bonitos que te mueres, ¡pero completamente hostiles para caminar en una ciudad que apenas íbamos a descubrir! Y yo, como siempre, con mi *outfit* de bajo perfil.

—Avril, ¿es que tu maleta de viaje está imposibilitada para albergar objetos de higiene personal? ¿Acaso existe una restricción en los aeropuertos que te impida traer contigo un cepillo para peinarte? Bencho, dile por favor que se pase, aunque sea por accidente, un cepillo por el pelo. ¡O préstale una gorra!

—Sí, Bencho, una gorra me va perfecto. Pantalones de mezclilla, unos Converse, una playera sin logo, ¡con la gorra estará completo mi *look* de "Soy una *l-o-s-e-r*"! ¿Estás contenta, mamá?

—Cariño, no te enojes, te lo digo por tu bien. Es que eres tan bonita, y te esfuerzas tanto por ocultarlo...

En cierto sentido, mi mamá tenía razón. Me molesta cuando utiliza ese tono irónico para decirme las cosas, pero tiene un punto: soy bonita, ¿o lo era? Es más, ya no lo recuerdo. Lo que sí tengo fresco en la memoria es que cuando comenzaron las excentricidades de Mariana por el divorcio, comencé a hacerme chiquita, dejé de caminar erguida y siempre andaba jorobada.

Recuerdo muy bien que fueron varios días, mientras mamá estaba más loca que nada, en los que yo quería desaparecer; mi deseo más grande era que este planeta se olvidara de mi existencia, y más en la secundaria, donde todos te juzgan y compiten por ser el más popular. Pero ahora nos hallábamos a miles de kilómetros de distancia, lejos de todo y de todos: no encontraríamos a las arpías de las porristas ni a los fortachones que molestaban a Bencho. Estaba con mi mamá y mi mejor amigo en uno de los lugares más raros del mundo. Nadie nos conocía allí ni nos juzgaría. Quizá fuera el sitio ideal para volver a ser bonita.

～～～

Típico del *#DeViajeConMamá*: estamos prácticamente listos para salir, con un pie en la puerta, Bencho en una lucha campal para encontrar una conexión de WIFI y poder utilizar su teléfono inteligente con los cientos de aplicaciones que descargó para movernos durante el viaje, desde mapas de la ciudad y traductores al instante hasta conteo de calorías de comidas exóticas, y yo tratando de convencer a mamá de que no era buena idea salir con zapatos de diseñador. Y con esta escena ya montada, ¡zas!, nos dimos cuenta de algunos pequeños detalles. En primer lugar, por supuesto, Mariana no había cerrado ningún acuerdo formal para que alguien nos guiara durante nuestra estancia en Delhi; en India, a no ser que te creas *Indiana* Jones (un ídolo de mis padres, de la lejanísima y arcaica era de los ochenta), es necesario contar con un guía, alguien que te ayude a entender, por lo menos los primeros días, cómo moverte en este país. Y es que aunque Bencho y yo teníamos como aliados a la tecnología, los servicios de información del Club de Alumnos Sobresalientes Inadaptados y nuestro IQ por encima de las encuestas nacionales de educación, esta ciudad es más compleja que aprender hindi o cualquiera de las veinte lenguas que se hablan en toda la nación.

Así que Bencho y yo tendríamos que resolver de manera inmediata esta pequeña omisión de mi madre, una vez más. Sin pensarlo mucho, nos miramos y nos pusimos a buscar a quien pudiera organizarnos esa primera visita a una de las ciudades más desafiantes del planeta.

Mamá, tratando de solucionarlo todo con una sonrisa y su movimiento característico de cadera, bajó directamente a la recepción y se dirigió a Manish Mohan, el encargado, quien estaba en *shock* al verla ataviada con un vestido blanco escotado, unos zapatos Manolo Blahnik, un sombrero y unas gafas Versace.

—Vamos a necesitar un taxi con un conductor que hable inglés y que nos ayude a recorrer la ciudad —le dijo en inglés.

—Sí, ¿a qué parte desea ir, *ma'am*? —respondió Manish con la gentileza característica de alguien que ama su trabajo.

—No sé, algún lugar increíble, así como genial, como icónico... —contestó mamá con la seguridad de que estaba proporcionando toda la información necesaria para que la entendiera.

La cara de Manish tratando de entender a mi madre era indescriptible; cuando Bencho y yo nos acercamos para aclararle lo que quería decir, su rostro se iluminó. Empezábamos a entender que a los habitantes de esta tierra vibrante les gustaba mucho regalar sonrisas.

Mamá nunca cambiará y por eso la amo. Es adorable y divertidamente despistada, aunque a veces un tanto insoportable.

~~~

Manish se ofreció a llevarnos a una agencia de viajes que se encargaría de ayudarnos a planear cómo trasladarnos de un lugar a otro. Era temprano en la mañana y hacía un poco de calor. La cantidad de personas que comenzaban a aparecer por todos lados en aquellas calles sin pavimentar era impresionante. Delhi vibra con gran intensidad. Hay una gran cantidad de automóviles, con conductores que aman el sonido del claxon; luego están las motocicletas y los *rickshaws*, esos pequeños vehículos motorizados que son una de las formas más populares y prácticas para transportarse. Tienes que estar con los ojos bien abiertos para que no te atropellen.

Entramos a una serie de pequeños comercios entre callejones. En una esquina, detrás de unos edificios viejos, había un basurero; yo ya no alcanzaba a distinguir los olores porque mis sentidos estaban saturados. En ese momento Bencho toca mi hombro y señala hacia unas pilas de basura: ahí estaba una chica de aproximadamente quince años. Lo que llamó nuestra atención es que no parecía que viviera de recolectar basura o pedir limosnas, al contrario, iba vestida con un sari hermoso. El sari es una gran tira de seda que se enrolla en el cuerpo: su precio varía según su calidad, y esta niña llevaba uno precioso que no encajaba en el entorno. Igual que mi mamá con su vestido blanco y sus zapatos de diseñador, que desentonaban totalmente con la escena que presenciábamos.

La niña era preciosa, tan bella que incluso parecía haber un aura de luz a su alrededor. Sus ojos nos miraron de una manera dulce, y en eso extendió sus manos hacia nosotros: de manera instintiva Bencho y yo imitamos el gesto. Nos quedamos atónitos; yo sentí calor en las palmas de las manos y después una sensación de paz. La niña del sari sonrió. Me volví a ver a Bencho, y cuando regresamos la mirada a la chica del sari, ya no estaba ahí.

—Avril, ¿quién era ella? —me preguntó Bencho y continuó—: Les conté al Club de Alumnos Sobresalientes Inadaptados lo que vimos. Son unos *nerdazos*; bueno, somos. Me enviaron de inmediato información sobre los mudras.

—¿Los mudras? —pregunté incrédula.

—Sí, los gestos sagrados budistas e hinduistas, como los que vimos en el aeropuerto; se utilizan en los movimientos con las manos de la danza tradicional de India, y también en las representaciones de los Budas. El que utilizó nuestra misteriosa chica del sari es el *Abhaia mudra*, que tiene la cualidad de alejar el miedo —respondió Bencho con esa cara de satisfacción que siempre pone cuando sabe que aporta un nuevo conocimiento a nuestra causa.

—*Weirdo*. Tienes razón, recuerdo los del aeropuerto —le dije—. Lo raro es que al colocar las palmas en esa posición sentí una paz y confianza que no había experimentado en los últimos días. Pero lo más extraño es: ¿qué ocurrió con la chica?

Eso nos inquietaba enormemente, pero al parecer ni Manish ni mamá se daban por enterados: Manish porque cuidaba a mamá continuamente para que no fuese arrollada por un *rickshaw* o tropezara porque sus zapatos de diseñador y su vestido entallado, que llamaba poderosamente la atención, no eran precisamente prácticos al transitar por las calles de Nueva Delhi. Mariana, ni por enterada de lo que ocurría en el mundo porque llevaba activado su GET.

Por fin llegamos a la agencia de viajes. Bencho y yo nos encargamos de todos los arreglos, y después de negociar con un hombre de turbante que medía 1.80 metros y hablaba un inglés difícil de entender, apareció Anand Pathak, quien sería nuestro guía por la capital de India. Es joven y nos contó que se estaba preparando para estudiar Periodismo en la Universidad Amity; originario de la ciudad de Lucknow, capital de Uttar Pradesh, llegó a Nueva Delhi para trabajar, ahorrar un poco de dinero y practicar su inglés, pero sobre todo para conocer gente. Debo decir que cuando lo vi me gustó su pelo alborotado, que traía como Ed Sheeran, y su bigote. Mientras lo escuchaba platicarnos sobre su vida, me pareció que el mundo se detuvo por un momento; Bencho me dio un codazo que me devolvió a la realidad. De pronto me di cuenta de que los chicos, y en especial Anand Pathak, captaban mi atención de una manera distinta, especial.

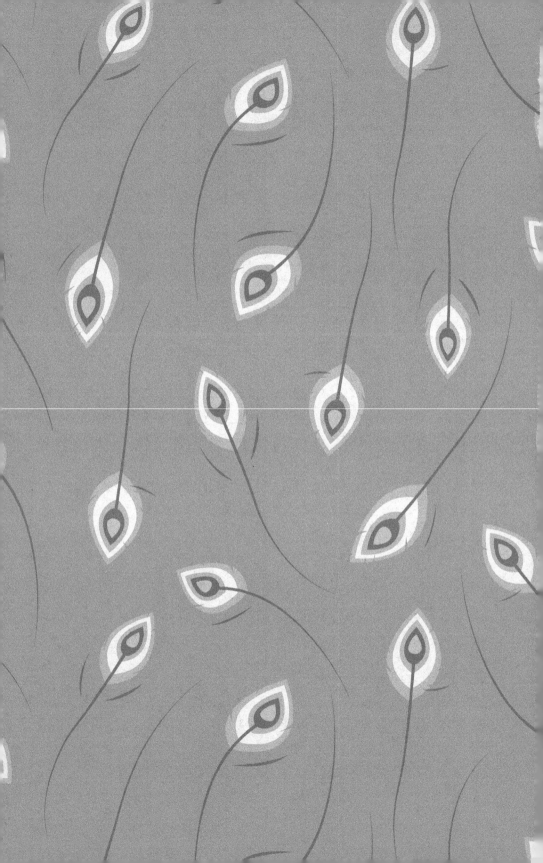

CAPÍTULO 12

¿POR QUÉ NO PODEMOS TENERLO TODO SIEMPRE EN LA VIDA?

Me sentía muy contenta, feliz; aunque Nueva Delhi era increíblemente caótica —casi tanto como mi mamá y sus crisis—, estaba entusiasmada y de muy buen humor. A cada minuto descubríamos una tierra mágica que nunca habíamos imaginado. Recordé que cuando llevaba a *Chester* a un lugar nuevo, no ocultaba el estado de felicidad que le producía visitar un sitio donde nunca antes había estado: me imagino que veía expanderse su universo y abarcar más allá del jardín de nuestra casa o el parque al que lo solíamos llevar. Comenzaba a oler todo, a explorar todo; se emocionaba mucho y corría de un lado a otro para abarcar cada rincón. Así estaba yo, en un nuevo estado emocional. A partir de ese momento, llamaría a dicha situación el *Chester mood*.

De manera que estaba en *Chester mood*, con mi mejor amigo, Benjamín Choep, y la novedad de haber conocido a Anand, nuestro guía en la ciudad; este chico de pelo alborotado y tez morena que había llamado poderosamente mi atención.

Evidentemente me sentía en el paraíso, como protagonista de película para adolescentes: no había un solo detalle del que me pudiera quejar, no había un solo pero. Y justo cuando pensaba que lo mejor estaría aún por venir, recibo un WhatsApp de mi padre:

> *Avril, por favor dile a tu madre que revise su correo, se ha acelerado el proceso de divorcio. Lo que hizo no estuvo nada bien: no puede sacarte del país sin mi autorización, eres menor de edad. Tendré que ejercer acción legal.*

Me encabroné como nunca. ¡¿Por qué nos hacía esto?! ¡¿Por qué no dejaba que pusiéramos un poco de distancia para que mi mamá aclarara las cosas?! ¿Por qué tenía que decírmelo a mí, y no a su mujer?

Quería llorar y patear todo lo que estuviera alrededor, pero ahora tenía la encomienda de resolver algo urgente, de prioridad nivel uno: cómo decírselo a Mariana.

Bencho intuyó que algo no estaba bien. Yo seguía cuestionando por qué, cuando pienso que por fin voy a ser feliz, siempre algo se interpone.

Bencho me explicó que el Club de Alumnos Sobresalientes Inadaptados tiene un decálogo que permite la supervivencia del grupo:

- El conocimiento es poder. Si no tienes un cuerpo de estrella de serie de televisión ni eres el capitán del equipo de futbol o una de las porristas más lindas, incluso el líder de la banda de *bullies* de la escuela, no importa. Tienes el conocimiento de tu lado.

- Estrategia puede más que músculo y fuerza bruta.
- Las decisiones las tomamos con la razón y no con el corazón.
- Confiarás en los otros miembros del CASI por encima de todos los demás.
- Comida orgánica nutritiva y conteo proteínico matan comida chatarra.
- La tecnología está al servicio de nuestra inteligencia y no al revés.
- No limitarás tus habilidades de expresión verbal cuando necesites describir con precisión una situación o acontecimiento que ponga en peligro la integridad del CASI.
- Serás discreto y no mostrarás todas tus capacidades intelectuales ni intentarás impresionar a nadie. Pasar como un tonto indefenso aumenta tus posibilidades de sobrevivencia en la escuela frente a los *bullies* profesionales.
- Compartirás con otros miembros del Club de Alumnos Sobresalientes Inadaptados toda información que consideres relevante.
- Jamás harás a otros lo que no te deseas que te hagan a ti.

Con esto en mente comencé a diseñar una estrategia, utilizando mi coeficiente intelectual para pensar cómo le diría a mi madre lo del divorcio sin arruinar nuestro viaje.

∿

Nuestro periplo inició en la Puerta de la India, uno de los monumentos más famosos de Nueva Delhi. El Club de Alumnos Sobresalientes Inadaptados nos informó que fue construido para honrar la memoria de los más de noventa mil soldados indios que murieron durante la Primera Guerra Mundial y en las guerras afganas de 1919; cientos de turistas se tomaban *selfies* y fotografías en los alrededores.

Bencho leía los nombres escritos en las paredes del monumento, parecido al Arco del Triunfo de París, mientras mi mamá utilizaba su celular como espejo para arreglarse y maquillarse; al tener nula conectividad, sólo lo utilizaba para tomarse *selfies* y verificar que su *look* estuviese perfecto. Y, por un lado, ¡qué alegría que Mariana no estuviera conectada a internet! No quiero imaginar lo que habría pasado si hubiera leído lo que mi papá le escribió para notificarle sobre el divorcio.

De ahí nos movimos a nuestra siguiente parada, el Templo del Loto. Conforme nos acercábamos, Bencho y yo quedamos atónitos: no hay palabras para describir esta construcción de mármol en forma de una inmensa flor de loto rodeada por nueve estanques de agua; te atrapa en una inmensa atmósfera de paz que sólo se vio interrumpida por los alaridos de mi mamá, insistiendo en que no se quitaría los zapatos para entrar.

—¡Absolutamente no, no y no! Ni siquiera te atrevas otra vez a insinuar que tengo que dejar mis Manolo Blahnik.

—Mamá, ¡ya te lo habíamos dicho antes de venir! En muchos lugares tendrás que entrar descalza, es una forma de respeto; por eso te sugerimos utilizar otro tipo de zapatos. ¡Explícale, Bencho!

—Ya perdí mis clases de *surf yoga*, mis cosméticos en el aeropuerto, varias horas de sueño, a tu padre... ¡No voy a perder también mis zapatos!

La escena resultaba divertida pero, una vez más, terriblemente bochornosa. Mi mamá, evidentemente, no pasaba desapercibida, y mientras tratábamos de convencerla de dejar su calzado, detrás de ella había una fila de cientos de personas que aguardaban pacientemente para entrar al templo, uno de los lugares más emblemáticos de la capital de India.

Bencho no sabía qué hacer; Anand nos miraba con curiosidad, tratando de explicarle en su inglés las razones para entrar descalza a un templo. Todos nos miraban cuando escuchamos la voz de una chica vestida con un hermoso sari de color azul:

—¡Hablan español! ¡Qué alegría! Bienvenidos al Templo del Loto. Este espacio fue ideado por Fariborz Sahba y busca honrar las enseñanzas de Bahá'u'lláh; es un recinto para albergar a los buscadores de todas las tradiciones. Lean esto, llévenlo como un tesoro:

Si los eruditos y hombres de sabiduría mundana
de esta época permitieran a la humanidad aspirar
la fragancia de la fraternidad y del amor, todo corazón
comprensivo entendería el significado de la verdadera
libertad y descubriría el secreto de la paz imperturbable
y de la absoluta serenidad.
BAHÁ'U'LLÁH

Mamá no sabía qué hacer frente a la interrupción de la chica: vi cómo el tono de sus mejillas cambiaba drásticamente de un pálido citadino a un rojo iracundo. Yo, sin pensarlo, y ante la expresión de incredulidad de Bencho, simplemente grité:

—Mamá, ¡papá te va a demandar por haberme sacado ilegalmente del país!

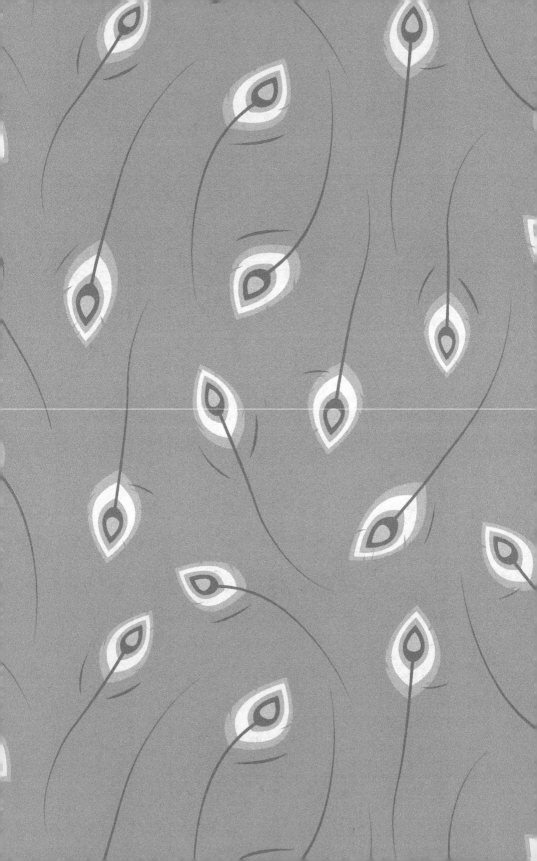

CAPÍTULO 13

EL MUNDO YA NO ERA TAN HOSTIL

Imagino que madurar es aceptar que las cosas no siempre son como quieres, percibir que el mundo en que creciste puede cambiar, y que muchas veces falta algo más que buena voluntad para que la vida sea como tú anhelas.

En eso reflexionaba cuando me quedé en *shock* pensando en lo que acababa de hacer. Por primera vez mi GC no se activó: abrí la boca como mecanismo de defensa para lograr que mi mamá dejara de discutir por algo tan absurdo como sus zapatos Manolo Blahnik, y le grité para decirle que mi padre la iba a demandar por haberme sacado del país.

Bencho estaba sorprendido. Sabe perfectamente que mi GC se activa ante una situación difícil; este método de supervivencia me había salvado de muchas situaciones incómodas, pero evidentemente había fallado.

A continuación, todo sucedió en cámara lenta. Mariana volteó a verme: fui testigo de cómo su mirada iracunda se iba transformando en un llanto inconsolable. La chica que nos recibió a la entrada del Templo del Loto y que hablaba español se llamaba Sukhavati; más tarde me enteraría de que significa "En la tierra de la dicha" y era el nombre espiritual que su gurú le había dado en su natal Buenos Aires.

Sukhavati abrazó cariñosamente a mi mamá para que no se desplomara. Bencho, con unos ojos fulminantes, parecía decirme: "¡¿Pero qué demonios le dijiste, Avril?!". Yo por primera vez no sabía qué hacer, y como si todo esto no fuese suficiente, me di cuenta de que Anand observaba como zombi a Sukhavati con una sonrisa de idiota enamorado que me había puesto muy, pero de muy mal humor.

～～

Sukhavati llevó a mi mamá al interior del templo; Bencho y yo las seguimos. Anand iba detrás de nosotros pero sólo tenía ojos para Sukhavati.

Y entonces sucedió algo nuevo, algo muy loco que nunca me había pasado: juro que al ingresar experimentamos una paz que hasta entonces desconocíamos. Luego del ruido, el caos de las calles de Nueva Delhi y la cantidad de gente que había por todos lados, al entrar al Templo del Loto nos calmamos de una manera inexplicable. Era tal la quietud que mi mamá dejó de sollozar y Sukhavati, con su dulce sonrisa, nos decía: "Todo estará bien"; parecía como si el mundo a nuestro alrededor se hubiese detenido.

Yo me sentía mucho mejor, sin culpa; Bencho por fin pudo despegarse de su celular, incluso Anand volvió a estar con nosotros. Honestamente no sé cuánto tiempo permanecimos en el interior del templo, pero al salir mamá me dio un abrazo tan protector que me remontó al tiempo de mi niñez.

—Che, tenés que ir al memorial de Gandhi —interrumpió Sukhavati enormemente emocionada, sacándome de la ensoñación en que nos encontrábamos.

—Anand no habla español —le dijo Bencho.

—Pero claro, es que llevo seis meses aquí sin hablar ni escuchar español. Me llamo Alfonsina y soy argentina; seguí mi corazón y decidí pasar una temporada en India. Soy la más feliz. Mi maestro me dio el nombre espiritual de Sukhavati. El nombre es importante, siempre cuiden su nombre. ¿Cómo te llamás?

—Avril. Avril Santana —respondí.

—¡Qué bonito nombre! Me gusta, suena bien. Tiene fuerza. Mi maestro me dice que siempre es importante cuidar nuestro nombre y no perderlo. Si olvidamos quiénes somos, nos entregamos a nuestras emociones, así que no pierdan su nombre ni quiénes son. ¡Qué gusto conocerlos! Pero no pierdan tiempo, vayan al memorial de Gandhi.

Anand observaba extasiado a Sukhavati. No entendía por qué me molestaba tanto su actitud; creo que, al final, soy un poco como mi mamá y al saber que no era el centro de atención me sentí decepcionada, pero no era culpa de Anand ni de su pelo alborotado y mucho menos de esos hermosos ojos cafés llenos de vida, ¿o sí? El caso fue que, a pesar de no hablar una pizca de español, parecía entender todo lo que ella decía; incluso, cuando escuchó el nombre de Gandhi dijo inmediatamente "Raj Ghat", nuestra próxima parada en Delhi.

Hay algo que he aprendido en India y que me ha ayudado a entenderme más a mí y a mi mamá.

En el tiempo que llevamos en Nueva Delhi, me he dado cuenta de que tienes la sensación de moverte como en una montaña rusa: cuando vas en caída libre, sientes esa adrenalina que te pone los sentidos a mil, y luego viene la calma mientras vuelves a tomar una pendiente. Mi madre era igual: por un momento parecía flotar en un estado de felicidad contagiosa, y cuando menos lo esperabas, cambiaba de humor para entrar en la más profunda de las depresiones. ¡La ciudad también era así! Primero estaban el caos, el tráfico, los miles de autos y motocicletas siempre tocando el claxon, las aglomeraciones, las calles sucias, y de pronto, en un abrir y cerrar de ojos, te encuentras en el lugar más pacífico de la Tierra. Así era exactamente el Raj Ghat, a orillas del río Yamuna: el monumento en memoria de Mahatma Gandhi, el padre de la independencia de India.

Mi mamá estaba mucho más tranquila, aunque en un mutismo al que no nos tenía acostumbrados; de hecho, todos callábamos. Bencho venía muy reflexivo. No sé en qué estaba pensando, pero desde que salimos del Templo del Loto toda su atención parecía estar en su interior, lo cual es muy raro porque es el tipo más observador que conozco. Para ser sincera, era la primera vez que hacíamos algo de manera inesperada durante aquel viaje; por alguna razón Sukhavati nos indicó que fuéramos a ese lugar y sin pensarlo accedimos. Mandé un WhatsApp al CASI para que nos informaran sobre el sitio que visitaríamos y evidentemente nos hablaron de la importancia de Mohandas Karamchand Gandhi, quien fue clave para que India lograra independizarse de Gran Bretaña en 1947 a partir de la resistencia pacífica. Para indios y turistas era una visita obligada, pero yo, siendo honesta, hubiese preferido visitar otros puntos de interés, y creo que al final todos habríamos coincidido. El lugar es sencillo, nada espectacular comparado con lo que descubríamos a cada momento desde que llegamos a India; en otras circunstancias, después de haber evaluado el costo-beneficio de aquella inversión de tiempo, lo más probable es que hubiésemos desistido de visitarlo, pero nadie pensó las cosas y sucumbimos a los encantos de Sukhavati, que casi nos ordenó que fuéramos allí.

—¿Qué tienes, Bencho? Has estado muy callado.

—Quería ofrecerte una disculpa. Es que me molesté contigo cuando vi a tu mamá enojarse, romper en llanto y tuve miedo de que todo se acabara.

—¿Que se acabara qué?

—Es que no sabes, Avril: desde que salimos, no me había sentido tan feliz. Es como si fuera una de esas tardes eternas que pasamos *Chester*, tú y yo en el parque tirados en el pasto, esperando a que el cielo oscurezca y comience a llenarse de estrellas.

—No seas tontito, Bencho, ya conoces a mi mamá y sabes cómo son cambiantes sus estados de ánimo.

—Pero no te evadas, Avril; tarde o temprano tendremos que regresar y volver a la escuela, a nuestra ciudad, a nuestro barrio, a nuestro mundo jodido. A veces no quisiera regresar; aquí puedo ser yo, nadie me molesta. Me pone mal sólo recordar lo invisible que quería ser para que nadie me volteara a ver. Es que si mis papás se enteran...

—Bencho, no te malviajes. Tus papás siempre te van a querer; te adoran.

—Tengo miedo, Avril. No sabes las veces que he pensado decirles: "Papás, soy gay. Por favor, no dejen de quererme".

No supe qué responderle; el silencio entre nosotros estuvo a punto de volverse incómodo, cuando al llegar a la plataforma de mármol negro que recuerda el punto exacto donde fue incinerado Gandhi en 1948, y que tiene una llama que nunca se apaga, ¡volvimos a encontrar a la niña del sari que habíamos visto anteriormente en el basurero!

—¡Bencho, tómale una foto! No estoy loca, es la misma niña que vimos antes.

La niña se rio y volvió a hacer un mudra, juntó el dedo pulgar y el medio de ambas manos con el resto de los dedos extendidos, y salió corriendo. Más tarde, el Club de Alumnos Sobresalientes Inadaptados nos informaría que se trataba del *Shunya mudra*, el mudra de la sabiduría.

—No, Bencho, esto no es casualidad y tengo que hablar con ella. Vamos, sígueme.

Corrimos para alcanzarla; atrás se quedaron Anand y Mariana, un poco sorprendidos porque por lo general a la que calificaban de loca era a mi mamá y no a mí.

Por más que corríamos por el parque del Raj Ghat, ella se movía muy rápido, ligera, como si flotara en el viento. Dio vuelta detrás de una construcción pequeña, el museo conmemorativo dedicado a Gandhi; no es muy grande, pero inexplicablemente, al doblar nosotros la esquina ella ya no estaba ahí. La perdimos de vista: era imposible que se nos hubiese escapado así, porque nuestro campo de visión era amplio. Bencho y yo teníamos una cara de idiotas que no podíamos con ella. ¡Ambos la habíamos visto, no era una alucinación, y estábamos seguros de que era la misma niña que encontramos en el basurero! ¿Qué hacía ahí? ¿Qué hacíamos nosotros ahí? Es más, ¿para qué habíamos venido realmente a India? Bencho tocó mi hombro y me enseñó un póster de Gandhi que vendían. Tenía una leyenda:

> *Yo conozco el camino.*
> *Es recto y angosto.*
> *Es como el filo de una espada.*
> *Me regocijo de andar este camino.*

Al terminar de leerlo, percibí una sensación agradable en mi pecho. Me volví a ver a Bencho y sin decirnos nada nos sentimos seguros de que, aunque tarde o temprano teníamos que regresar, nuestro mundo ya no parecía tan hostil.

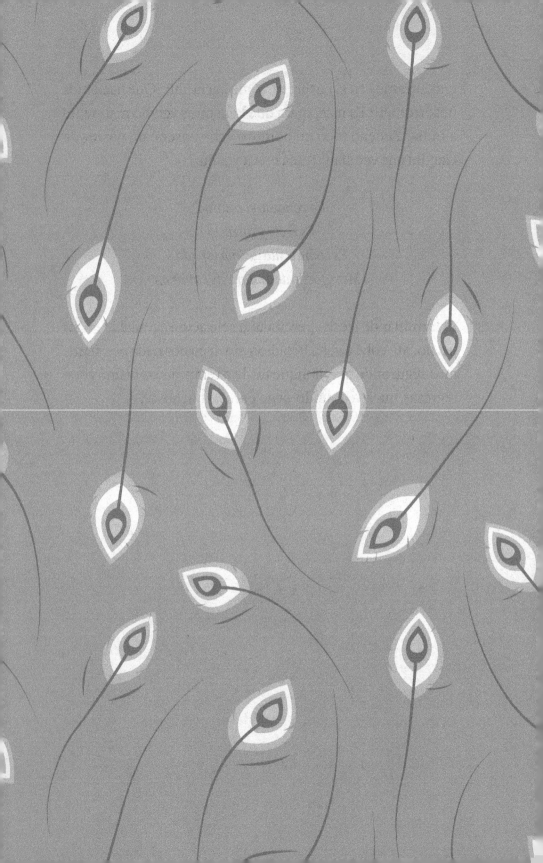

CAPÍTULO 14

AMOR CONTRA VIENTO Y MAREA

Bencho, ¡son las cuatro de la mañana! ¿Qué haces despierto? Apaga la televisión.

—Avril, el taxi quedó en pasar por nosotros en dos horas, así que ve levantando a tu mamá porque nos tomará más de eso despertarla, y en lo que se arregla, vamos a perder toda la mañana. Además, ya me piqué con la película que están transmitiendo, es genial...

Me daba mucho gusto ver a Bencho tan contento; todavía estábamos obsesionados con saber quién era la chica del sari que perseguimos en el monumento a Gandhi y que habíamos visto antes en un basurero de Nueva Delhi, pero ahora nuestra atención estaba en otro lado. Hoy visitaríamos la construcción más hermosa jamás hecha por el hombre: ¡el Taj Mahal!

Decidimos darle a mi mamá unos minutos más para recuperarse de la intensidad de los primeros días en India y me acosté al lado de Bencho, realmente absorto en la película que pasaban en la tele: *Dilwale Dulhania Le Jayenge*.... "¿Qué?", le dije a Bencho, quien de inmediato y con el orgullo de saber que tenía las cosas bajo control, me proporcionó toda la información disponible pues ya había puesto a trabajar al Club de Alumnos Sobresalientes Inadaptados.

Conocida en el mundo hispano con el título de *Amor contra viento y marea*, es una de las cintas más populares de Bollywood, como se conoce a la industria cinematográfica en este país. Se estrenó en 1995 y trata de dos jóvenes indios, Raj y Simran, que viven en Gran Bretaña y se enamoran durante un viaje de vacaciones en Suiza; parecía que vivirían un romance inolvidable, y cuando regresan a su país para casarse descubren que el padre de Simran la ha comprometido con el hijo de su mejor amigo. ¡Un matrimonio arreglado!

Ella era hermosa y él, a mi parecer, no tan guapo, pero su historia era conmovedora y estaba llena de escenas de acción y coreografías.

Ver esa película justo al amanecer era el preámbulo ideal para nuestra visita al Taj Mahal. El CASI nos preparó un reporte y leímos que esa maravillosa construcción surgió porque el emperador Shah Jahan deseaba dejar al mundo un recuerdo del amor que él le tuvo en vida a su cuarta esposa, Mumtaz Mahal. ¡El Taj Mahal es un monumento al amor! ¿Así o más cursi yo? ¿Qué me estaba pasando?

Si uno tiene un corazón que palpita, y esos pulsos laten procurando la pureza de amor sin medida, seguramente uno se merece una visita al Taj tanto como el Taj merece una visita suya, y mucho más.

∿

Por un momento sentí un poco de envidia de Simran, quien estaba dispuesta a luchar por el amor de su vida; yo, hasta ese momento, pensaba que lo más cerca que había estado del amor fue cuando creí que sentía algo más que amistad por Bencho, con quien me besé por primera vez. Tal vez mi mamá tenía razón y era momento de volver a sentirme bonita y quererme; estar segura de que allá afuera, en algún lugar, habría alguien para enamorarme.

Inspirada por la peli, me dieron unas ganas inmensas de conocer el Taj Mahal y también de sentir lo mismo que los personajes de *Amor contra viento y marea*; yo sería Simran, y aunque todavía no sabía quién sería mi Raj, creía que estaba lista. Descargué el *soundtrack* de la película en mi Spotify y lo puse a todo volumen; Bencho y yo bailamos al ritmo de la música, contagiosamente alegre. Él tomó mis manos, dimos vueltas y más vueltas: yo cerré los ojos y de pronto me vi en los brazos de un chico tan guapo como Anand, el segundo en quien me fijé, pero que tan pronto apareció Sukhavati, la argentina, se olvidó de mí.

Bencho también cerró los ojos y entonces me di cuenta de que, a pesar de que era mi BFF, no tenía idea de quién podría habitar sus sueños.

~~~

6:00 a. m. Bencho y yo somos testigos del ritual de belleza de Mariana. Si soy franca, ¡disfruto ver cómo se arregla mi mamá! En el fondo, creo que a Bencho también le encanta ver cómo se maquilla, se viste y se coloca los accesorios adecuados para convertirse en un icono de la moda que desentona con el hotel donde nos encontramos.

De recepción nos marcan para avisarnos que la camioneta está lista para recogernos con todo nuestro equipaje. Nos llevaría a Agra, el lugar donde se encuentra el Taj Mahal; a doscientos treinta y un kilómetros de Delhi, son aproximadamente cuatro horas en auto. La salida es complicada por el tráfico, pero enseguida todo fluye mejor.

Bencho me dice que afuera, al mirar por la ventana de la camioneta, hay un mundo por descubrir. En el camino vemos una procesión y Ayab, nuestro chofer, nos explica que se trata de un funeral. No hay ataúdes, porque para los hindúes la cremación es el destino final de un cuerpo que ya cumplió su propósito y que no necesitaremos más; por eso no entierran a sus muertos.

Aquí cabe una precisión: el gentilicio de los habitantes de India es indio, aunque en Latinoamérica se ha usado por mucho tiempo *hindú* para no confundirse con los indígenas; sin embargo, en este país los hindúes o hinduistas serían los practicantes de la religión mayoritaria, mientras indio podría ser también un musulmán o alguien de otra creencia. El Club de Alumnos Sobresalientes Inadaptados es increíble, pues a pesar del cambio de horario responden a cualquier cosa que les consultes con una precisión que supera al mismo buscador de Google, y además estaban muy emocionados con nuestro viaje porque recibían información de primera mano. El responsable del proyecto "Contenidos a la medida" del CASI era Leo Zammick, un chico delgado que todo el tiempo estaba nervioso y ansioso, pero era un genio en potencia; desde hace tres años ha estado perfeccionando un programa básico para almacenar en una base de datos toda la información que los otros integrantes le proporcionan, la que se actualiza continuamente. Estaban felices de ayudarnos, y cuando Bencho les envió una foto de lo que veíamos, de inmediato le informaron todo sobre religiones y funerales en India. Por ejemplo, puedes saber, por el color de la ropa, si el difunto es hombre o mujer: si la ropa es blanca, se trata de un hombre.

Una de las cosas que amo de Bencho es que cuando estamos juntos nos entendemos de una manera increíble; tenemos nuestros propios códigos para comunicarnos. Por ejemplo, mientras mi mamá puede mantenerse sin ningún problema a agua y apio sin desfallecer durante cuatro días con tal de alcanzar su peso ideal, y nosotros entramos y salimos de dietas a fin de evitar ser víctimas de *bullying* en la escuela por sobrepeso, sé cuando Bencho tiene hambre y me doy cuenta inmediatamente de cómo cambia su humor; no necesitaba palabras para saber que estaba de malas. Es como *Chester*: sé exactamente si está triste, feliz, inquieto, si quiere agua o salir a la calle a hacer "sus cosas". Así que cuando el chofer nos preguntó si nos gustaría hacer una pequeña parada en el trayecto para comer, Bencho literalmente gritó: "¡Sí, por favor!".

A medio camino paramos en un restaurante con un jardín muy cuidado y una tienda de artesanías que me recordó una película que me mostró Bencho: *Gremlins*. Ya sabemos que adora a su HSU40, quien siempre lo invita a ver cintas de hace mil años, y un día llegó a contarme, súper emocionado, de *Gremlins*, la historia de un inventor que va en busca de un regalo de Navidad para su hijo en el barrio chino de la ciudad, donde encuentra una tienda llena de cosas raras: el dueño es el señor Wing, un chino cuyo nieto le vende una criatura rarísima pero la más *cute* del mundo; por supuesto, después de *Chester*. Cuando acepta darle ese ser peludo, el chico sólo le advierte de tres cosas: uno, no exponerlo a las luces brillantes porque lo lastiman y la luz del sol lo mataría; dos, darle de beber agua, pero jamás mojarlo, y la más importante: nunca alimentarlo después de la medianoche. Obvio, las reglas no se siguen y el pueblo de la trama termina en un caos memorable.

Pues así era la tienda que llamó la atención de mi mamá, que entró inmediatamente como zombi, hipnotizada por su propia compulsión de utilizar su tarjeta de crédito, así que Bencho y yo decidimos adelantarnos y fuimos a comer al jardín.

Pedimos chai. Me aclaran que la palabra *chai* se utiliza para referirse al té, por lo que puedes pedir *black chai, lemon chai,* etc.

Bebimos lassi de mango, y para comer probamos unas papas con semillas de girasol y salsa de menta. ¡Una delicia! Bencho, desde ese día, es adicto al lassi, una bebida típica de la gastronomía india que se prepara a base de yogur y cardamomo; como ya es costumbre, Bencho reunió en poco tiempo más de veinticuatro tutoriales de YouTube en su celular para ofrecer lassi en casa.

Nos sentíamos contentos, encantados con la comida y con esta pausa en nuestro día. Estábamos lejos del bullicio de la ciudad y, al contrario de lo que me había predispuesto, estaba descubriendo que el viaje no era tan caótico; realmente la estábamos pasando bien.

A la salida del restaurante nos topamos con un encantador de serpientes; Ayab insiste en que me tome una foto. Hay una cobra y una serpiente: me resisto un poco pero al final acepto, presionada por Bencho. Mariana se acerca, cargada de bolsas, y por otro lado aparece un hombre que corre hacia nosotros con un mono en su hombro; es una hembra, trae maquillaje en la cara y un vestido de niña. No estoy de acuerdo con que se explote a los animales por dinero, pero en un descuido se sube a la cabeza de mi mamá y toma sus lentes oscuros Dolce & Gabbana: ella suelta las bolsas, comienza a gritar y pensé que presenciaríamos otro arranque de histeria muy de su estilo, pero para nuestra sorpresa, le vino un ataque de risa al ver que ¡la mona se puso sus gafas! Su risa nos contagió a todos. La escena era loquísima y abrazamos a mi mamá; Ayab nos tomó una foto. Verla sonreír como no lo había hecho en los últimos meses le da un valor incalculable a nuestra aventura y me hace pensar que todo ha valido la pena.

~~~

En nuestro camino pasamos por Mathura, ciudad sagrada donde nació Krishna, uno de las deidades más veneradas en India. Todo pasa como si viéramos una película en cámara lenta y se nos presenta la oportunidad de ver el otro lado de la moneda: después de un funeral somos testigos de una boda, ¡y vaya que celebran en serio! Todo es muy colorido, una banda de músicos toca alegremente, el novio llega montando un caballo; me gustaba mucho lo que veía porque a pesar de que no era ostentoso como las fiestas aburridas de los amigos de mi papá, todos los participantes sonreían con una alegría que de sólo verlos te ponían de buenas. Pero de pronto pensé: "No, ya estoy alucinando mal", y es que ahí, en la procesión, ¡estaba la chica del sari! ¡Sí, la que vimos en Delhi y en el monumento a Gandhi! Estoy segura de que era ella, pero esta vez sólo la vi yo porque Bencho estaba checando algo en su teléfono. Me miraba y sonreía; no le comenté nada a Bencho porque ni yo misma lo creía. ¡Era imposible!

Me quedé callada y empecé a entender que en esta tierra mágica vas del blanco al negro en dos minutos: son los pares de opuestos, que me mencionó Sukhavati durante una plática que tuvimos las dos en el Templo del Loto. Me explicó que, según su maestro, los pares de opuestos siempre están presentes en nuestro día a día; son cualidades universales, pero en Occidente, por el ritmo que llevamos, nos pasan desapercibidas. Su maestro le prometió que si un discípulo aprende que continuamente nos movemos en pares de opuestos, el trayecto de la vida se vuelve más ligero, sin apegarse a los momentos plenos de felicidad ni a clavarse en las desgracias.

Comprendí entonces que, durante nuestra estancia en India, tratar de entender todo con la razón sólo nos enloquecería, porque nos movíamos entre los pares de opuestos de una manera muy evidente: de las certezas a las incógnitas, de la realidad a la fantasía, de una boda a un funeral, de la vida a la muerte, de la pobreza extrema al Taj Mahal.

〜

17:30. ¡Estamos frente al Taj Mahal! No hay palabras que puedan describir la belleza de este monumento de mármol construido por amor; valió la pena lidiar con el tráfico loco de la ciudad de Agra. Mucho se puede decir de este lugar, pero el lenguaje se queda corto. ¡Por fin veo algo capaz de sacar de la evasión a mi mamá! Nunca la había visto con esos ojos tan expresivos, ni siquiera cuando por ser cliente preferente le llegó una invitación VIP para tener acceso, en exclusiva, a la colección de zapatos Jimmy Choo durante el verano de 2013.

Estábamos boquiabiertos. Habíamos visto este escenario en fotos, películas y en internet, pero estar ahí frente a ese espejo de agua, y como fondo el blanco perfecto del Taj Mahal, nos dejó pasmados.

Sólo nos sacó de nuestra ensoñación un grupo de aproximadamente veinte muchachos indios que hablaban al mismo tiempo y se ofrecían a tomarnos fotos; no sabíamos qué hacer y Ayab nos dijo que si queríamos nos presentaba a uno oficialmente acreditado por el gobierno. Mi mamá aceptó y por dos mil cuatrocientas rupias comenzó nuestra sesión de fotos frente al Taj Mahal. La perdimos durante unos minutos antes de iniciar porque dijo que quería ir al baño; para nuestra sorpresa, regresó vestida con un sari que había comprado en la tienda rara del restaurante donde comimos. ¡Se veía hermosa, radiante, como una princesa! ¡Como Simran, la protagonista de la película!

—¿Qué tal, chicos?

—Mamá, te ves hermosa.

—Señora, se ve increíble.

—Bencho, ya te dije que no me llames señora. Ayab, ¿traes las bolsas que te pedí?

—Claro, *ma'am*. Aquí están.

—Avril, hay un sari para ti y una kurta para ti, Bencho. ¿Ya ven que no soy tan tonta? La kurta es la prenda tradicional que utilizan los hombres. Atrás están los baños: le pedí a una mujer a la entrada que me ayudara a ponerme el sari y lo hizo gustosa. Vayan, corran, que no hay tiempo.

Bencho, Mariana y yo nos sentimos, por unos momentos, estrellas de Bollywood; el fotógrafo y Ayab estaban tan divertidos como nosotros. El chico sabía su oficio, consiguió nuestros mejores ángulos y nos tomó cientos de fotos: en una le pedí a Bencho que saltara, y cuando nos enseñó la imagen, ¡parecía que volaba!

Mi mamá modelaba como las estrellas de las revistas que lee y que admira tanto, por lo que decidí imitarla y caminar como si yo también lo fuera. Me reí mucho y volví a sentirme orgullosa de ser quien soy: "Soy Avril Santana Valiani, una chica guapa e inteligente que admira y ama a su madre, y que está dispuesta a ser feliz".

Cuando nos entregaron el álbum con las fotos impresas y un CD para tenerlas en digital, sentí aquel como uno de los mejores momentos de nuestras vidas. Mamá estaba feliz y sonreía como no la había visto hacerlo en los últimos meses: por fin volvía a establecer una conexión con ella que creí haber perdido. Bencho también estaba muy emocionado, ya no era aquel chico retraído y siempre a la defensiva; en la foto donde parecía que volaba se veía muy seguro de sí mismo, gritándole al mundo que dejamos atrás, en el pasado, todo lo que habíamos sufrido en la escuela. Sukhavati nos había dicho que tanto la felicidad como la tristeza son estados temporales y yo no sabía cuánto nos duraría ese momento, pero ahora estábamos felices como nunca. ¡Qué bueno que mi mamá contrató al fotógrafo! Bencho quería llegar a un lugar con computadora para poder enviar de inmediato los archivos al Club de Alumnos Sobresalientes Inadaptados.

Después de nuestra sesión fotográfica, debíamos tomar un tren para nuestra siguiente parada: Varanasi, una de las ciudades más antiguas del orbe. Sería nuestra penúltima parada antes de ir al retiro en Rishikesh.

Todo iba bien, pero de manera súbita noté que la cara de Bencho se puso blanca, casi transparente, lo cual es mucho decir porque es más pálido que un huevo.

—Avril, ¡no puede ser!

—Bencho, no seas dramático. ¿Qué pasa?

—¡Es imposible!

—¡Ya, Bencho, me estás asustando!

—¡Mira bien esta foto! Donde estamos los tres, un poco más atrás hay dos personas que nos están viendo. ¡Observa con atención!

Al ver la foto con detenimiento, mi cara se transformó completamente; hasta mi mamá lo notó.

—Avril, ¿todo está bien? —me preguntó.

—Sí, sí, mamá, sólo que no me gustó cómo se me ve la panza en esta foto —mentí de manera instintiva y escondí la imagen; me alejé de los dos y volví a fijarme en ella. No podría creer lo que veía: ahí estaba la chica del sari que habíamos visto ya en varias ocasiones, de pie, observándonos, acompañada por una mujer mayor, más alta, también ataviada con un sari. ¡Mis ojos no daban crédito! Esa mujer era mi abuela Adelaida.

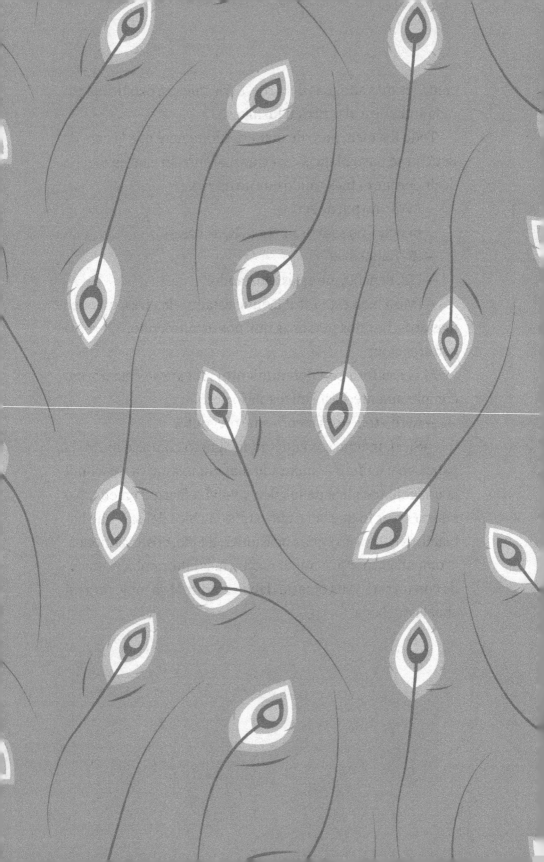

CAPÍTULO 15

ESPERA LO INESPERADO

S on las 4:37 de la madrugada. El tren está detenido y Bencho aterrado porque no tiene conexión a internet; como nos hemos movido constantemente, le ha sido imposible encontrar una WIFI. Me río porque tendrá que hacer algo que le molesta mucho, y es ¡interactuar cara a cara con otras personas para obtener información!

Bencho es el chico más tímido de todos. Yo no lo había notado porque nos llevamos increíble y hablamos todo el tiempo, y al interior del CASI también goza de cierta popularidad porque es muy inteligente; sin embargo, fuera de estos ambientes siempre está pegado a su teléfono celular, atendiendo a decenas de grupos de WhatsApp y proporcionando información al club.

Durante estos días en India está más relajado y dispuesto a conversar con la gente que hemos encontrado en el camino, pero indudablemente depende de su dispositivo para ayudarnos. Le encanta aportar información relevante a nuestro viaje: eso lo hace sentirse útil, así que sin teléfono el pobre no sabe qué hacer.

Por otro lado, nuestro medio de transporte no era, por decirlo de algún modo, *fancy*; apuesto a que mi mamá esperaba abordar el Expreso de Hogwarts cuando nos dijeron que nos trasladaríamos a Varanasi en tren. Por esa razón, y aunque seguía de muy buen humor por la sesión de fotos y nuestro improvisado desfile de modas en el Taj Mahal, actuó como suele hacer en situaciones que no le son gratas y activó su GET: con esa capacidad que siempre le envidio, se durmió a los tres minutos de que ocupamos nuestros asientos.

Yo no dejaba de pensar en la fotografía en mi poder. No cabía explicación lógica alguna: era mi abuela Adelaida, no había duda de ello. Bencho sacó otras impresiones porque fue a un café internet antes de abordar el tren a las ocho de la noche; le pedí que no le comentara nada a mamá porque estábamos seguros de que enloquecería.

Confieso que estaba un poco intranquila, tenía un presentimiento extraño y ahora era imposible negar la conexión entre la chica del sari, mi abuela y nuestro viaje. Lo que no podía entender era por qué Adelaida no nos había contactado: era tan fácil comunicarse con nosotros por teléfono o correo electrónico, bastaba con enviarnos un mensaje y listo. Mi abuela se comunicaba conmigo en todo momento, por eso estaba preocupada. ¿Acaso esa fotografía significaba que debía llamarle inmediatamente? Aunque aparecía con una mirada de serenidad, presentía que quería decirnos algo y no lo podía hacer. Esto me desconcertaba.

Llevamos ocho horas en el bendito tren. Es un vagón de primera clase donde puedes ajustar los asientos y usarlos como camas para dormir; estaban colocados de tal manera que el trayecto podía realizarse con relativa comodidad y armar cuatro camas. Mi mamá, inexplicablemente, eligió dormir en la parte de arriba para que nadie la molestara. Empiezo a creer que la está pasando bien: viajar así, libre, sin la presión de mi papá o de quedar bien con alguien, la ha llenado de una adrenalina que había perdido con sus excentricidades.

Bencho y yo nos quedamos abajo. Al lado de nosotros, sólo dos asientos estaban ocupados. Pronto hice migas con nuestros nuevos compañeros de viaje: Bertjan, un joven neerlandés, y Kavita, una chica india muy amable. Me explicaron que, por la neblina de la época, eran comunes los retrasos en los itinerarios.

Platicar con ellos me ayudó a distraerme y a dejar de pensar en la fotografía donde aparecía mi abuela. Kavita también era apasionada de su teléfono móvil, no dejaba de consultarlo, pero una vez que le hicimos plática no dejó de hablar; su inglés no era malo y comenzó a interrogarnos. Bencho ya me había advertido que, de acuerdo con la información proporcionada por el CASI, a los indios les encanta saber de tu vida personal, y Kavita nos bombardeó con preguntas: "¿Ustedes son novios? ¿Adónde van? ¿Por qué viajan con su mamá? ¿Tienen papá? ¿A qué se dedica tu padre? ¿Gana buen dinero?".

Bencho estaba divertidísimo con la actitud de Kavita, dejó su celular y se unió a la conversación; Bertjan sonreía y nos escuchaba atento. Más atrás noté a una pareja de ancianos, debían tener como setenta y cinco años: él se veía más débil, y ella lo cuidaba amorosamente. Por su acento intuí que eran ingleses, vestidos elegantemente. Si ellos podían hacer este trayecto en tren, ¡nosotros también! Le conté esto a Bencho porque ya empezaba a quejarse de que aquello no era nada lindo, cuando casi me mata de un susto porque gritó como si hubiese visto a Ghostface, el personaje de las películas de *Scream*:

—¡Una rata!

Bertjan y Kavita voltean a verse, luego observan a Bencho y no pueden evitar estallar en un ataque de risa que casi despierta a todos en el vagón; no logré aguantarme y también me reí. Bencho se puso rojo como un tomate. La rata corre hacia los asientos de la parte de atrás y nadie parece inmutarse. Por fortuna mi mamá seguía con su GET activado y profundamente dormida, de lo contrario hubiese gritado y despertado a todo el tren. Sonrío y pienso "Esto es India", un país pobre con una población enorme; seguro no es fácil mantener condiciones óptimas de higiene. Es parte del *shock* inicial, que vamos asimilando poco a poco. Recuerdo a Sukhavati y lo que me explicó sobre los pares de opuestos: por un lado, la limpieza extrema de un sitio tan bello e impecable como el Taj Mahal, ubicado en una zona donde está prohibido que operen fábricas alrededor para que el humo no ensucie la blancura de ese monumento al amor, y por otro el contraste de los tiraderos de basura, situados por todas partes. Poco a poco dejamos de reír y nos vamos quedando dormidos. Estamos cansados.

~~~

6:42. Llevamos casi dos horas de retraso. Despierto y veo la neblina: es impresionante, por eso el tren avanza tan lento.

Aquí no puedes planear nada porque todo está cambiando siempre. A mi mamá, aunque despistada, le encanta organizar fiestas: si este fuera su país la pasaría mal, porque todo llega cuando tiene que llegar. Bencho es un *control freak*, y desde que no puede conectarse a WIFI está malhumorado. Le pido que recuerde lo que nos advirtieron los del Club de Alumnos Sobresalientes Inadaptados: "Esperen lo inesperado, *expect the unexpected*". Esta es la gran constante que experimentamos en el viaje, pero aun con el retraso estoy contenta. El tren avanza lentamente y aprovecho para leer un poco. "Mira, Bencho —lo despierto—, esto que ves aquí es un invento antiguo que nunca pasará de moda; no necesita pila para cargarse ni requiere conexión WIFI para funcionar. Se trata de un libro." Me dice que no lo moleste. Soy fanática de las guías de viaje: mi papá, en su biblioteca, tenía una colección muy completa porque continuamente nos decía que juntos descubriríamos el mundo. Confieso que lo extraño. Extraño a ambos, quisiera verlos juntos, como pareja, como la familia que éramos antes. Me apuro a leer para no ponerme triste, y comienzo a averiguar sobre Varanasi:

Varanasi es una de las ciudades religiosas más importantes. Caminar por sus calles repletas de personas cerca del Ganges te permite ver *sadhus* (santos), templos y vacas ataviadas como deidades. Para los hindúes, morir en Varanasi significa terminar con el ciclo de reencarnaciones, por eso expresan con devoción su deseo de ser cremados aquí para luego esparcir sus cenizas en los afluentes del río; en los *ghats* hay crematorios que operan a lo largo del día. Tomar fotos está estrictamente prohibido. Según la tradición, Varanasi fue fundada por Shiva hace miles de años. Muchas de las grandes escrituras del hinduismo, como el *Rigveda*, el *Ramayana* y el *Mahabharata*, mencionan esta ciudad.

9:56. Aún no llegamos a nuestro destino, pero vale la pena. ¿Y quién creen que se puso platicador ahora? Bertjan, el joven neerlandés, que lleva un mes viajando por India. Es trabajador social. Su novia tuvo que regresar a su país, así que la acompañó a Delhi para después, proseguir con su recorrido; le conté que nosotros culminaríamos nuestro viaje en Rishikesh, donde mi mamá nos había inscrito a un retiro de desintoxicación emocional.

Bertjan no es mi tipo; es guapo, alto y rubio, pero es muy pálido. Descubro que Bencho no le quita los ojos de encima. Lo veo compartir conmigo esa mirada de complicidad que sólo él y yo entendemos; se vuelve a poner rojo como tomate. Me encanta ponerlo en estas situaciones. Sin querer, me doy cuenta de que estamos en una etapa en la que comenzamos a ver a los chicos de manera distinta. En la escuela nunca lo habíamos hecho, quizá porque nos sentíamos menos, quizá porque queríamos ser invisibles y que nadie notara nuestra presencia, como una manera de protegernos para que no nos hicieran daño. Pero eso estaba cambiando en este viaje.

A Bertjan le gustan la música y el yoga; me dice que Varanasi es un buen lugar para aprender a tocar instrumentos. Decido que quiero aprender yoga: llegando a Varanasi le diré a Bencho que me ayude a buscar una escuela.

Para no aburrirnos, Bertjan saca su guitarra y comienza a tocar *Stairway to heaven*. ¡Reconozco esa canción! Le gusta mucho a la abuela. Mi mamá se despierta; está sin maquillaje, pero se ve hermosa. La escena es irreal, parece que estamos en un sueño *hippie* de los años sesenta. Pienso mucho en mi abuela; ya no estoy preocupada. En la mesa hay chai y galletas. Creo que esto también es parte de la magia de India. *Expect the unexpected!*

11:53. Seguimos en el tren. El desayuno y el almuerzo fueron galletas de mantequilla, chai y papas fritas; no quisimos arriesgarnos con la comida que venden en el tren. Kavita y Bertjan aceptan la charola sin ningún temor y comen todo lo que les ofrecen.

—¿Sólo comerán eso?

—¡Sí, por supuesto! —contestamos Mariana, Bencho y yo al unísono. Rematé diciendo:

—Es que aún no nos acostumbramos del todo al curry.

—Se lo pierden, ¡está delicioso! —responde Bertjan, y como una forma de ratificar lo que acaba de decir, Kavita eructa con singular alegría; les tuve que dar un codazo a mi mamá y a Bencho simultáneamente, ya que pusieron una cara de desaprobación que cambiaron de inmediato por una risa fingida al sentir mis golpes en sus costillas. En India, eructar es aceptado socialmente y es una forma de decir que la comida fue excelente.

Podía entender que Kavita estuviese acostumbrada a aquellos sabores, ¿pero Bertjan? Además, él, como venía de otro lugar, ¡llevaba treinta y seis horas viajando en tren!, y su única fuente de sustento eran los alimentos que ofrecían en los vagones.

Yo sólo pensaba en la rata que vimos en la madrugada y Bencho me dijo: "Avril, por favor, pide a todos los dioses hindúes que no tengas que ir al baño. No es nada recomendable". No entendí qué quiso decir, pero tenía la firme intención de no averiguarlo.

ᨳᨳ

15:00. Después de seis horas de retraso, por fin llegamos a Varanasi. La ciudad es caótica, con tráfico aquí y allá. La estación está a veinte kilómetros del lugar donde nos alojaríamos, así que todavía había que realizar el trayecto en auto; afortunadamente, Bencho y yo organizamos todo en Nueva Delhi, de tal forma que ya nos esperan en el hotel. Estamos todos cansados. El retraso del tren fue de más de trece horas. Nos vamos a quedar en la zona de Cantonment: es un área arbolada que está a veinte minutos en *rickshaw* de donde se encuentra todo el bullicio de los ghats en el río Ganges. Estamos cerca del Parque Nehru y de uno de los mayores templos católicos en India. Bencho está feliz porque ya pudo conectarse a una red WIFI y está en comunicación con el Club de Alumnos Sobresalientes Inadaptados, que no pueden creer que un tren se haya retrasado trece horas.

Afortunadamente Mahavir, nuestro guía en esta etapa del viaje, sabía ya de la demora. Es un hombre de aproximadamente cincuenta años con una mirada serena; nos recomienda, para recuperarnos del viaje, tomar un masaje ayurvédico. Mi madre salió de su ensimismamiento y casi brinca cuando escucha la palabra *masaje*, gritando: "¡Un *spa*, sí, por favor, vamos ya!".

Dejamos las cosas en el hotel, que era mucho mejor que el de Delhi, y de ahí fuimos por nuestro masaje. Mi mamá estaba más que emocionada y cada cinco minutos le preguntaba a Mahavir si el *spa* tenía tratamientos antienvejecimiento, si había hidroterapia, si podría comprar cremas revitalizadoras y más. Por la mirada de nuestro guía intuí que eso no era exactamente lo que tenía en mente y Bencho, maliciosamente, sabía que lo que nos esperaba estaba alejado de sus expectativas.

Después de unos quince minutos en carro llegamos a un edificio antiguo nada espectacular, más bien modesto; mi mamá puso tal cara de incredulidad que por un momento pensé que todo lo que habíamos ganado en los últimos días íbamos a perderlo porque no era lo que ella esperaba. Subimos dos pisos y nos recibieron un hombre y dos mujeres de edades entre los sesenta y setenta años: el hombre era delgado y las mujeres más corpulentas. Todos emanaban una paz que nos contagiaron de manera inmediata.

—Namasté, bienvenidos, tenemos tres espacios reservados para ustedes. Ya Mahavir nos explicó su situación; pueden cambiarse y entrar en las habitaciones —nos dijo el hombre, que parecía tener mayor experiencia.

Mariana, Bencho y yo entramos cada cual a una habitación y nos quedamos en ropa interior. El cuarto era sencillo; había un indescriptible olor a incienso floral. Me acosté en una mesa de madera. Entra una mujer: me recuerda a mi abuela. Dice que su nombre es Naisha y comienza a darme un masaje con unas bolsas atadas y aceite caliente en la espalda; la sensación es placentera y entro en una relajación profunda. Continúa con brazos, piernas y cuello. Luego me dice que me coloque boca arriba y acerca sobre mi frente una especie de olla de latón que comienza a gotear lentamente un aceite sobre mi entrecejo; cierro los ojos y comienzo a ver imágenes de nuestro viaje. Todo parece tan real: no es que estuviera soñando porque estaba consciente, pero las imágenes eran muy nítidas. En eso visualizo a la chica del sari: la veo con claridad, viste ahora un sari rojo con dorado. Su cutis es perfecto, sus ojos están elegantemente decorados con un delicado delineado oscuro. Hay un punto rojo en su entrecejo. Sus brazos están adornados con muchas joyas. Sabe que la veo; me sonríe y comienza a alejarse. En eso suena un cuenco que me regresa a la habitación.

—¿Cómo se siente, señorita? Hemos terminado.

—Bien, pero vi cosas.

—Son regalos de la Devi, señorita. Atesórelos; no los cuente todavía. Estoy segura de que encontrará lo que vino a buscar.

—No vine a buscar nada, sólo acompaño a mi mamá.

—No, señorita, todos vienen a buscar algo. Llevo treinta años en esto y he visto a todo tipo de personas, pero sólo los buscadores reales se quedan y siguen adelante; por eso India los ha recibido con los brazos abiertos. Nuestra madre India cuida a sus hijos y no recibe a cualquiera. Encontrará lo que ha venido a buscar, sólo sea paciente. Me saldré para que pueda cambiarse.

De regreso al hotel, cenamos algo rápido y subimos a dormir. Bencho cayó inmediatamente en un sueño profundo. Mi mamá estaba muy pensativa: "Avril, vi a tu abuela durante mi sesión de masaje; estaba contenta pero no entendí lo que quería decirme. Mañana intentaré comunicarme con ella, en este momento seguro estará durmiendo, por la diferencia de horario", me dijo. Volví a pensar en Adelaida: ahora estaba segura de que lo mejor fue no contar nada sobre la fotografía. Sin embargo, decidí que tenía que encontrar a la chica del sari, pero sería también mañana; al igual que Bencho, estaba agotada. Apenas eran las nueve de la noche, no era tan tarde, pero había sido un día muy, muy largo.

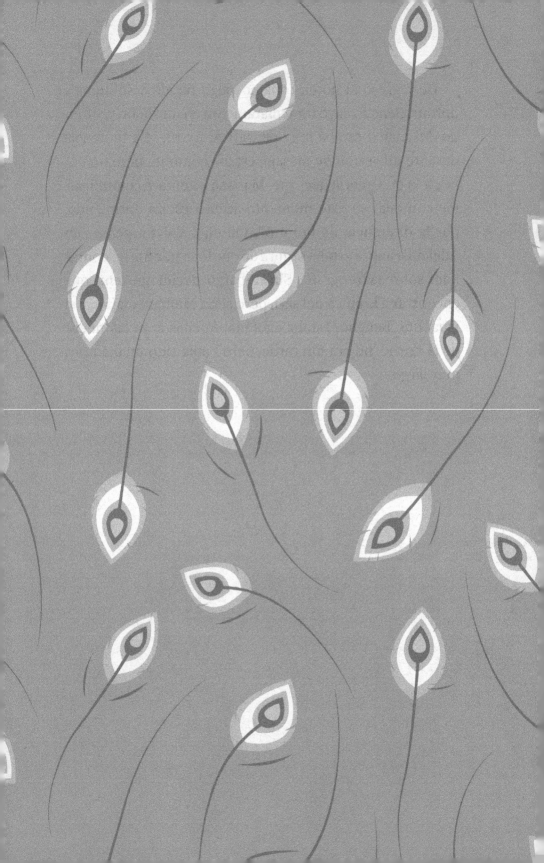

CAPÍTULO 16

¡ESTÁ MUERTA!

D e nuevo tenemos que madrugar; han sido días intensos. Esta vez, para mi sorpresa, la primera que despierta es mi mamá. Bencho duerme plácidamente. Mariana viste unos *jeans*, una blusa india y un sombrero como el que utiliza Harrison Ford cuando interpreta al doctor *Indiana* Jones.

—¡Te ves guapísima, mamá! ¿Y ese sombrero?

—Gracias, cariño. Lo compré en el mismo lugar donde encontré los saris y la kurta de Bencho; por cierto, ya despiértalo. En esa tienda vendían de todo, y encontré el sombrero. Ya sabes que amo a Harrison Ford y me encantan sus películas; me siento Willie Scott, ya sólo me falta mi doctor Jones.

—¡Mamá! No olvides a mi papá.

—Tu padre... Ay, amor, ya no me digas nada.

Los ojos de Mariana volvieron a ponerse tristes. En estos días he podido entender su dolor. He aprendido que cuando colocamos un poco de distancia de los problemas, podemos ver todo con mayor claridad. Y, en el caso de mi mamá, para lograrlo, implicó volar a otro continente.

〰

¿Has visto cómo abren los ojos los recién nacidos? Exactamente así se despierta Bencho. Por primera vez es el último en abandonar la cama. Ya que encontró WIFI y su teléfono funciona normalmente, tiene toda la energía del mundo y anoche se acostó muy tarde recopilando información para nuestros días en Varanasi; ya nos contó que hoy daremos un paseo en bote por el Ganges. Después visitaremos algunos puntos importantes como la universidad y los templos de Shiva, uno de los dioses principales del hinduismo, y también el templo de Hanuman, el dios mono.

〰

Aunque en India siempre estamos esperando lo inesperado y rara vez podemos cumplir con los tiempos, Mahavir es puntual como un inglés y a las seis de la mañana está listo por nosotros.

Llegamos al embarcadero y nuevamente la magia de este país vuelve a conquistarnos. El Taj Mahal fue una maravilla y creímos que después de estar ahí sería difícil volver a sorprendernos, pero Varanasi tiene un halo de espiritualidad que nunca habíamos sentido. La embarcación a la que subimos es sencilla; hay varios botes, algunos traen bocinas y se escuchan unos cánticos que te cautivan. A lo largo del río hay hombres practicando yoga y monjes ofreciendo rituales al Ganges, muchos de los cuales sólo llevan un taparrabos y el cuerpo cubierto de cenizas; también hay personas que meditan. Es un escenario indescriptible por su colorido y por la paz que emana a pesar del gran movimiento de personas que van llegando.

Se nos acerca un bote que trae ofrendas para entregarlas al río: son velas y flores dentro de cuencos hechos con hojas de árbol prensadas. Este ritual, me cuenta Bencho, se conoce como *puja*, y al colocar la ofrenda el agua llevará tus oraciones a los dioses; yo pido bendiciones para mis padres, mi abuela y para Bencho. Los tres colocamos las ofrendas al mismo tiempo, parece como si estuviésemos sincronizados: vemos cómo se alejan y pienso que el río se las llevará hasta desembocar en el mar, o como los hindúes creen, las entregará a los dioses. Y en ese momento ocurre uno de los espectáculos más bellos que hemos visto en la vida: la salida del sol. Somos testigos de cómo sus rayos comienzan a iluminar poco a poco los templos de más de tres mil años de antigüedad; no hay documental que pueda retratar lo que presenciamos y de pronto comienzan a sonar campanas por todos lados. La piel se me enchina. Volteo a ver a mi mamá: sus ojos están bañados en lágrimas. Es la segunda vez que la veo llorar en este viaje. Creo que ya sé por quién pidió bendiciones.

~~~

Me sorprende que Bencho siempre esté abierto a nuevas experiencias: viene de una familia tradicional y seguro a la comunidad judía se les pondrían los pelos de punta de enterarse de los lugares que hemos visitado. Por eso me encantó que, cuando le comenté que tenía ganas de aprender yoga, estuviese dispuesto a probar una clase conmigo; mi mamá es fan desde que empezaron a ofrecer *surf yoga* cerca de nuestra casa. Además, no es por nada, pero aparte de tener bonita figura por naturaleza, mi mamá se ve súper bien porque siempre está probando nuevas dietas, rutinas *extreme* de ejercicio, yoga, pilates, *crossfit* y cualquier nueva aportación hecha por la ciencia para retrasar los signos del envejecimiento. Eso sí, todo natural, nada de cirugías: es un decreto de las Valiani que mi abuela sigue al pie de la letra.

Después de presenciar el amanecer en el Ganges, nos dirigimos a la universidad de Varanasi. Nos explica Mahavir que el nombre musulmán de Varanasi es Benarés; hay una importante comunidad musulmana en la ciudad. Comento con Bencho que me encantaría que escogiéramos juntos una universidad, para seguir frecuentándonos; él ríe, toma mi mano y dice que siempre será mi BFF. El campus es enorme, de varias hectáreas. Bencho comenta que es la segunda universidad más grande de India, hay también un hospital. Me gustaría estudiar medicina; no sé, pero me atrae. Por un momento pienso que me gustaría matricularme en una universidad tan grande como esta, rodeada de árboles de mango. Sería la doctora Santana: no suena nada mal.

Muy cerca del campus hay un templo dedicado a Shiva, una de las deidades principales del hinduismo. El CASI nos ha enviado un reporte que llamamos "Dioses hindúes para *dummies*", y en resumen aprendemos que hay tres cualidades en todo lo existente: nacimiento, preservación y destrucción. Un ser humano nace, crece y su cuerpo muere; los pensamientos y las emociones se crean, se sostienen y se disuelven, y así con todo lo que es parte de la naturaleza. El poder de creación está representado por Brahmán; quien se encarga de sostener y mantener las creaciones es el dios Visnú, y el destructor o quien disuelve es Shiva. Para que haya nacimiento, tiene que haber muerte. Para que haya luz, tiene que haber oscuridad. Todo es transitorio. Estos tres dioses son los más venerados en India: Varanasi es una ciudad dedicada a Shiva.

A diferencia de otros lugares que hemos visitado, en este templo no hay mucha gente. El sitio es hermoso, hay una paz que se siente muy necesaria en el agitado ambiente de la ciudad. Los pisos de mármol contrastan con el colorido del decorado de las imágenes de Shiva, que nos recuerda constantemente su presencia; varios sacerdotes recitan mantras, y en un pasillo se escucha a un hombre que toca el armonio. La calma del lugar me recuerda lo que experimentamos en el Templo del Loto en Delhi. Esto me gusta mucho de India.

Nos alejamos de la universidad y del templo de Shiva para dirigirnos a un santuario dedicado a Hánuman, el dios mono. Es una construcción con más de dos mil años de antigüedad, hay una cantidad impresionante de gente.

Bencho me cuenta la historia de Hánuman: era amigo cercano del dios Rama, quien estaba casado con Sita. Por diferencias con el demonio Rávana, éste secuestra a Sita y Hánuman encabeza el ejército para rescatarla; es tan fuerte que puede vencer a un ejército entero y cruzar el océano de un solo salto. Hánuman ejemplifica la amistad, la solidaridad y la acción correcta para vencer al mal.

Me gusta escuchar sobre Rama y Sita porque ahora soy fanática de todas las historias de amor que he conocido desde que llegamos a este país. Confieso que siento un poco de envidia por Sita, Simran y Mumtaz: quisiera ser protagonista de una gran historia de amor, que me construyan un monumento como el Taj Mahal, que luchemos contra el matrimonio arreglado que mi padre me tiene preparado o que mi amado y Hánuman encabecen un ejército para rescatarme de un demonio como Rávana.

~~~

Regresamos a Varanasi, y antes de ir a nuestra clase de yoga, Bencho pregunta si podemos ir a un German Bakery porque ya perdió la conexión a internet. Mi mamá lo secunda y Mahavir nos adentra por las calles de los ghats para ir a uno de estos establecimientos. Los ghats son escaleras que bajan de los distintos barrios al Ganges y tienen distintos nombres; así no se extravía uno en esta zona de Varanasi.

Así que subimos por uno de los ghats al German Bakery, uno de los lugares más populares entre los turistas extranjeros porque hay comida, té, pan horneado y lo más atractivo: WIFI.

Nos instalamos en una especie de cuarto con muchos cojines y nos sentamos en el piso; pedimos chai y revisamos nuestro correo electrónico, WhatsApp y Snapchat. Mi mamá trata de contactar a mi abuela y Bencho cae en un estado de enajenación, totalmente absorto en su teléfono. Intento conectarme con mi teléfono cuando veo que en uno de los comercios ¡estaba nuevamente la chica del sari!

Sin decir nada a nadie, me levanto inmediatamente y voy corriendo hacia ella, que me sonríe y se aleja a toda velocidad. Atrás escucho gritar a Bencho y Mariana: "Avril, ¿adónde carajos vas? ¿Qué pasó?".

Los escucho a lo lejos pero no volteo: tengo la firme determinación de alcanzarla y preguntarle quién es, por qué nos sigue y cuál es su relación con mi abuela. Corro por los callejones, subo y bajo escaleras tratando de llegar hasta ella; hay cientos de pequeños comercios por todos lados y un mar de gente. Volteo a todos lados: ya no la veo, una vez más la chica del sari se me escapó. Intento regresar, pero me doy cuenta de que estoy perdida. Doy varias vueltas. Pregunto por el German Bakery y todo mundo me da direcciones distintas hasta que me encuentro con un par de franceses y me dice que están igual, que es muy complicado saber dónde se encuentra uno en este laberinto de calles; además, no es una buena referencia porque hay muchas imitaciones. Lo que me recomiendan es bajar a la orilla del Ganges, ubicar el ghat y luego subir de nuevo.

〜〜

Sigo perdida, no sé qué hacer porque todas las calles me parecen iguales. Comienzo a sentirme desesperada y a experimentar miedo, algo que no había sentido hasta ese momento en nuestro viaje. Pienso en mi mamá y en Bencho: seguro ella estará desesperada y enojada conmigo. Fui impulsiva y comienzo a sentirme culpable; tengo ganas de llorar de coraje por ser tan estúpida. ¿Y si todo es producto de mi imaginación y no existe la chica del sari? Pero es imposible, ¡porque tenemos una maldita fotografía de ella, y Bencho la vio también!

Me siento tan enojada conmigo misma que no me doy cuenta y choco con una persona.

—Disculpe, es que...

—Shhhh —me pide que guarde silencio.

No me doy cuenta, pero la persona con quien tropiezo estaba frente a un cuerpo. ¡Es una cremación! Mi primer pensamiento es: "¡Esa persona está muerta!". Me recrimino: "Avril, conserva la calma, no seas tan idiota. Usa tu inteligencia", pero las emociones me ganan. Estoy impresionada porque es la primera vez que veo un cadáver, ¡apenas a unos pasos de mí! El cuerpo de un hombre ardía sobre unas brasas. Estoy conmocionada. Además de aquella persona, que me pidió guardar silencio, había otro hombre, que recitaba oraciones que no entendí. No había dolor ni las lágrimas que solemos ver en los funerales, sólo los dos hombres frente a un cuerpo, sin el pesar de la muerte. De hecho, uno de ellos ¡filmaba todo con su celular!

~~

No sé qué hacer y de manera instintiva doy unos pasos hacia atrás para alejarme discretamente, no quiero huir despavorida. Doy media vuelta y comienzo a subir las escaleras para entrar nuevamente en los laberínticos callejones de los ghats, pero quedo petrificada cuando veo venir a otro hombre que carga en los brazos el cuerpo de un bebé; imagino que es el padre. Lo va a arrojar al río. Es imposible describir el rostro de esta persona. Una sensación de pérdida y desolación me invade y me quedo en blanco, sin palabras; no doy crédito a lo que presencio. Estoy fuera de mí, la impresión es muy fuerte. Por primera vez me siento el ser más frágil y vulnerable del universo. En eso escucho que alguien grita mi nombre e instintivamente me volteo para abrazarlo, estallando de inmediato en un llanto que no puedo controlar; estoy así durante unos momentos que me parecen eternos. Abro los ojos y me doy cuenta de que abrazo a alguien que no es Bencho ni mi mamá.

CAPÍTULO 17

SI TÚ ERES FELIZ, YO SOY FELIZ

—¡Eyyyy! ¿Quién eres? ¿Qué te pasa?

—No te enojes. Si tú eres feliz, yo soy feliz. *Don't get angry. If you are happy, I am happy.*

—¡Deja de abrazarme y hazte a un lado!

—Sólo un pequeño detalle: la que me está abrazando y no me suelta eres tú.

Me di cuenta de que ese chico desconocido tenía razón; me sentí como una idiota y la cara se me puso de mil colores. Afortunadamente mi estupor terminó cuando Bencho llegó corriendo para reclamarme:

—¡No lo vuelvas a hacer, Avril! ¿Qué diablos te pasa? Te buscamos por todos lados y pensamos lo peor. Obvio, tu mamá entró en crisis; Mahavir nos salvó. Te juro que después de ver cómo se puso, estuve a punto de llamar a mis papás para regresarme. Mariana reaccionó muy, pero muy mal. No sé por qué dices que no es una mamá normal: al verte correr como loca entre tanta gente se asustó muchísimo, sólo pudo controlarse cuando supo que el sobrino de Mahavir te había encontrado. Por cierto, veo que ya se conocen muy bien —remató irónico.

Bencho jamás había utilizado el sarcasmo para molestarme, pero estaba muy enojado, incluso creo que celoso. El rostro que tenía en ese momento no se me olvidará nunca porque realmente estaba preocupado. Me sentía muy tonta, quería que en ese momento los extraterrestres me abdujeran o que sufriéramos una invasión como en la película *Marcianos al ataque*, pero obvio no ocurrió nada interestelar y yo seguía con mi cara de idiota sin saber qué hacer, cuando el chico que estaba abrazando abrió la boca para decirme:

—Hola, Avril, soy Prãsad Dharma, sobrino de Mahavir, hermano de mi papá, Aarav Dharma, casado con Deepika Yadav, mi madre, que abandonó su cuerpo cuando yo estaba por cumplir tres años. Desde entonces, mi papá, mi tío y yo trabajamos en la agencia de viajes y debo llevar unos encargos a Rishikesh, así que los acompañaré en esa etapa del viaje, y...

—¡Para tu carro! Dame dos minutos —lo interrumpí porque no entendía nada de lo que ocurría: acababa de pasar por el *shock* de perderme, ver a dos personas muertas a unos metros de distancia, aguantar los reclamos de Bencho, prepararme para la crisis de mi mamá y este chico, más flaco que una lombriz, en menos de un abrir y cerrar de ojos me había contado toda su vida y no paraba de hablar...

—Estoy para ayudarte, Avril, seré tu príncipe hindú; por cierto, eres más bonita en persona que en las fotos.

Me volví a poner de mil colores sin saber qué decir, y entonces me di cuenta de que Prãsad tenía los ojos más bellos que jamás hubiera visto desde que tengo memoria.

—¡Ya, por favor, Bencho, supéralo! Sí, claro que fue impulsivo, pero, ¿qué hubieras hecho tú? Era la chica del sari. ¡Ambos vimos la fotografía donde aparecía mi abuela! La tienes, ¿verdad?

—¡Mierda! La foto. ¡No sé dónde la dejé! No me culpes, pero cuando desapareciste, todo fue un caos.

Ahora era yo quien estaba muy enojada. Esa fotografía era la única prueba de que no estábamos locos; por lo menos, Bencho la había visto conmigo. No iba a hacerle una escena: suficiente tenía con contentar a mi mamá, que estaba de un humor horrible.

—Avril. Hablo en serio, ¡no vuelvas a correr y alejarte así! Estamos a miles de kilómetros de casa y eres mi responsabilidad. Ya madura. Si tu padre se entera, ¡podría perder tu custodia! Y no lo voy a permitir —me dijo mi madre.

No daba crédito a lo que escuchaba: por primera vez sentía que mamá era *mi mamá*. La palabra *responsabilidad* no estaba en su léxico, o por lo menos yo no la había escuchado en años. Me sentía rara, pero también aliviada. Por un momento pensé en reclamarle y decirle: "¿Responsable tú? Pero si durante los últimos años has intentado ser más mi amiga que mi madre". Afortunadamente, ese maravilloso GC o "gen de la cordura" que heredé de mi abuela, hizo que me callara y simplemente respondiera:

—Sí, mamá, tienes razón. No lo volveré a hacer.

Al pronunciar estas palabras sentí alivio y comprendí que somos muy afortunados quienes podemos afirmar con orgullo que tenemos una mamá tan loca y responsable como Mariana Valiani.

Nuestra última cena en Varanasi fue de pizza vegetariana en el hotel al lado del nuestro; era increíblemente lujoso y a la entrada había dos personas que te daban la bienvenida ataviados con turbantes y trajes de ensueño. Bencho estaba más calmado después de que le expliqué que había salido corriendo para tratar de hablar con la chica del sari. Fue enfático al decirme que nunca debía olvidar que somos BFF, que siempre debíamos apoyarnos y que, independientemente del CASI, él y yo teníamos nuestro propio club exclusivo, así que era importante que le contara *todo*, *t-o-d-o*, todo, y más ahora que sólo nos teníamos uno al otro para cuidarnos en este hermoso país que estábamos descubriendo.

Mi mamá se veía diferente, seguía siendo la misma pero me parecía que algo había cambiado en ella después de aquel incidente; era como una nueva Mariana, ya en el papel de mamá. Me sorprendió que afrontara de manera directa el miedo de perder mi custodia. En estos días me había olvidado del proceso de divorcio por el que pasaban mis padres, pero al escucharla hablar del miedo que sentía ante la posibilidad de perderme, me trajo de vuelta a la realidad.

Sorprendentemente, en lugar de sentir angustia por el futuro, estaba contenta porque me reconfortaba saber que mi mamá estaba ahí, y que los tres, Bencho, ella y yo, nos encontrábamos no sólo en una tierra fascinante, sino que día a día descubríamos aspectos de nosotros mismos que no conocíamos.

Por cuestiones de logística regresaríamos en avión, ya que Varanasi se encuentra a 756 kilómetros al sudeste de Nueva Delhi. Habíamos llegado en tren porque viajamos por tramos: en coche a Agra para visitar el Taj Mahal, y luego en tren por la noche para llegar a Varanasi de madrugada. Claro, todo es teórico cuando la suerte decide que haya niebla, por no hablar de otras circunstancias que a veces retrasan los trenes; en esos casos, un trayecto de diez horas puede durar veintiséis. Así que no lo pensamos y compramos cada boleto por sesenta y cinco dólares americanos con todo e impuestos para regresar a Nueva Delhi y luego tomar un tren a Rishikesh, con la novedad de que Prãsad nos acompañaría en esta etapa del viaje.

Bencho no mencionó a Prãsad para nada, y se me hizo extraño; la verdad, por alguna extraña razón que no podía comprender, yo tenía muchas ganas de llegar al aeropuerto para volver a encontrarme con él. Nuestro primer acercamiento fue, por ponerlo de alguna manera, algo fortuito y no tuvimos oportunidad de seguir platicando, por lo que quería verlo de nuevo aunque me molestó que se tomara tantas licencias conmigo, como hablarme con tanta confianza y comenzar a contarme su historia, sin olvidar que señaló que me veía más bonita en persona que en fotografía. Seré honesta: sentía una inmensa curiosidad por estar, una vez más, a su lado.

Mahavir llegó puntual por nosotros al hotel. Nuestro avión salía a las diez de la mañana, así que debíamos estar a las ocho en el aeropuerto. En su taxi venía Prãsad. Mariana se subió adelante, con su *outfit* de exploradora tipo *Indiana Jones*; no tenía duda de que ya estaba instalada en el *mood* de "voy a descubrir el mundo", y me agradaba. Sin embargo, la primera señal de que una nueva dinámica de convivencia y adaptación se asomaba a nuestro viaje saltó cuando, sin preguntar siquiera, Prãsad se sentó entre Bencho y yo, y simplemente dijo:

—Buenos días, Avril. ¿Lista para regresar a Delhi?

Bencho tenía una cara que seguro Jim Carrey hubiera envidiado cuando interpretó al *Grinch* en una de esas películas viejísimas que formaban parte de la colección *freak* de su tío atrapado en los ochenta; con ella me demostraba que no estaba molesto sino iracundo.

En la parte delantera del auto, mamá no dejaba de hablar con Mahavir mientras que atrás el ambiente era tan denso, de tan mala vibra, que tuvimos que abrir las ventanas. Bencho estaba furioso y Prãsad, más feliz que nunca, me contaba mil cosas sobre su país y lo que veríamos en Rishikesh; incluso me comentó que, como descendía de una casta de sacerdotes o brahmanes, podría quedarse en el áshram donde nos instalaríamos para nuestro retiro de desintoxicación emocional. Bencho hacía hasta lo imposible por llamar la atención. Por la diferencia de horario, el Club de Alumnos Sobresalientes Inadaptados no respondía con celeridad a sus interrogantes y eso hacía que mi BFF se pusiera de malas, pues Prãsad tenía conocimiento de primera mano. Sin desearlo, se habían puesto a competir entre ellos.

~~~

Prãsad tenía algo que no dejaba de llamar mi atención, una seguridad que nunca había visto en otros chicos de mi edad salvo en Bencho, que era muy inteligente, aunque ahora lucía un tanto desencajado y se enfrentaba a la realidad de que la información y el conocimiento a través de redes de información no era tan impactante como la experiencia directa. Eran Bencho y todo el apoyo informativo y de redes del CASI *versus* Prãsad y su conocimiento directo de la vida; yo, en medio de los dos, honestamente lo estaba disfrutando.

~~~

Llegamos puntuales al aeropuerto; los cuatro aguardamos en la sala de espera. Mi mamá estaba muy contenta con Prãsad porque hablaba hindi e inglés, lo cual nos ayudaba mucho en la comunicación. Además, se daba a querer: no le paraba la boca y continuamente decía que mi mamá se veía guapísima, lo que le cayó a Bencho como un balde de agua fría. Hasta esta etapa del viaje, nuestro guía y enlace con el mundo había sido él; se sentía útil y clave para el buen desarrollo de nuestra travesía. Aclaro que quiero a Bencho por sobre todas las cosas, es mi BFF y me da igual si es nuestro GPS, guía interactiva de viaje, traductor o simplemente un acompañante más; por eso me molestó que en lugar de agradecer que Prãsad quisiera apoyarnos, se pusiera celoso.

~~~

9:45. Llaman para iniciar el abordaje. Estamos entusiasmados porque regresamos a Delhi y pronto nos trasladaremos a Rishikesh, el enigmático destino final de nuestro viaje en India. Mariana está feliz, la percibo más segura y un poco menos loca, como si se reencontrara con su labor de mamá; estoy contenta porque recuerdo lo mucho que la quiero y porque reconozco que me hacía falta ese lado maternal.

Con Bencho las cosas no van tan bien, sigue de mal humor y no sé qué hacer. Y para agravar la situación, Prãsad tiene una personalidad carismática que adereza con su intelecto. Si estuviera con nosotros en la escuela, entraría al CASI sin ningún problema; posee una habilidad para la abstracción y los cálculos matemáticos que pondría a temblar a cualquiera de los más inteligentes del club. Me explica con orgullo que India es el país con más premios Nobel del mundo en el área de ciencias, y no lo dudo.

~~~

Mamá, Bencho, Prãsad y yo estamos en la escalinata para abordar el avión de Indian Airlines; justo cuando vamos a entrar, la aeromoza nos detiene y nos pide volver a la sala de espera. Todos los pasajeros regresamos.

—¿Qué pasó? —preguntan al mismo tiempo Bencho y Mariana, visiblemente enojados.

Sin inmutarse, de lo más normal, Prãsad comienza a moverse entre los otros pasajeros, va al mostrador, luego acude con unos oficiales del aeropuerto, saca su celular, hace un par de llamadas y regresa con una seguridad que sólo he visto en los protagonistas de las películas de Bollywood; ¡y aún no cumple los dieciséis!

—Ya investigué. Acaban de detectar que el avión tiene una avería en la puerta y no puede despegar.

—¿Y entonces qué? ¿Nos quedaremos en este país tercermundista hasta que alguien nos diga qué hacer? —interrumpió Bencho con muy mala leche.

—Hola, Bencho. Me informaron que las opciones que tenemos son las siguientes: primero, esperar a que se repare la puerta y quizá podamos salir hoy mismo; otra posibilidad es que abordemos un avión distinto para no interrumpir el tráfico aéreo. Al momento no hay ninguna certeza ni información que se pueda corroborar. Recuerda que esto es India: espera lo inesperado. Yo no me enojaría. *Don't get angry. If you are happy, I am happy.* No te enojes. Si tú eres feliz, yo soy feliz. Y, por cierto, en la escuela me han enseñado que mi país es una potencia emergente a escala global, un enclave vital dentro de la región euroasiática. Por eso me siento orgulloso de ser indio.

Por primera vez Bencho se quedó callado frente a una argumentación; yo me sentía rara y no podía dejar de pensar nuevamente que Prãsad tenía los ojos más bellos que jamás había visto en mi vida.

CAPÍTULO 18

EL DOLOR AJENO

Nuestro postre favorito es helado de yogur con granola y una cucharada de mermelada de fresa; lo hemos probado mil veces en el mismo lugar, pero sucede que a veces tiene un sabor distinto. ¿Nunca te ha pasado que a pesar de llevar a cabo una acción que ya conoces, la sensación es completamente nueva? Así me sentía yo.

El traslado de Nueva Delhi a Rishikesh lo percibía diferente; por supuesto, el ingrediente adicional era Prãsad. Con él acompañándonos todo era más fácil, sin tantas complicaciones, y eso no le caía del todo bien a Bencho.

~~

Originalmente dormiríamos en Nueva Delhi y abordaríamos el tren por la madrugada, pero con el retraso del avión no hubo más remedio que irnos directamente a la estación. La gente de la agencia ya nos esperaba con nuestro equipaje: Prãsad se comunicó con su tío y todo estaba perfectamente coordinado. Por lo general el orden no se me da mucho, en eso soy como mi mamá; Bencho es fanático del control, y el que se encarga de organizar todo y cuidar cada detalle. En otras circunstancias lo habría hecho feliz que, a pesar de los inconvenientes, todo se arreglara, pero no lo estaba. Seguía visiblemente molesto, y es que —obviamente— quien resolvió los problemas no fue él.

~~~

El tren saldría a las 3:40 de la mañana; llegamos a la estación alrededor de la una. Había mucha gente, no las aglomeraciones a las que ya nos habíamos habituado, pero la estación registraba mucho movimiento. El frío era intenso, y de no haber sido por Prãsad, la hubiésemos pasado mal; fue muy previsor y nos recomendó llevar ropa abrigadora. Mi mamá seguía con su *look* de exploradora tipo *Indiana Jones*, pero acompañaba su *outfit* con una mascada ¡y unos lentes oscuros!

—Mamá, esos lentes, ¡nada que ver!

—Sí, claro, ¡como tú no tienes ojeras!

—¿A quién le importa, mamá? Ya pasa de la medianoche.

—Por eso mismo, Avril. Ni creas que me voy a maquillar a esta hora, y la mejor solución son estos lentes.

—A mí me parecen lindos.

—Cálmate, Prãsad, no se ven bien por ningún lado —interrumpió Bencho y agregó—: ¡Es que ustedes y su Bollywood se quedaron atrapados en los ochenta y en el mal gusto!

Prãsad y yo nos quedamos pasmados con su manera de irrumpir en nuestra conversación; además también criticó, sin querer, a mi mamá, quien afortunadamente no se dio por enterada. Bencho utilizó el mismo tono de voz que las arpías de la escuela que se la pasaban burlándose de nosotros. Empezaba a sentir que la sangre me hervía, y por primera vez presentía que mi GC sería totalmente inútil.

—¡Bájale ya dos rayitas a tu berrinche, Benjamín! —le grité cuando el llanto de una mujer rompió dramáticamente con nuestra discusión.

〜

Tirada en el suelo, la mujer gritaba y lloraba con su hija en los brazos; no me atrevía a mirar con detenimiento, pero parecía que la niña había perdido el conocimiento y no reaccionaba. Bencho y Mariana no sabían qué hacer, pero lo que más me impresionó fue que la gente pasaba alrededor sin voltear siquiera, como habituados al dolor y a la muerte. Desde el suelo, el gemido de la mujer, apenas vestida con un sari roído, viejo, casi un harapo, iba en aumento y nadie se inmutaba; me sentía impotente ante aquel drama, mi mamá y Bencho estaban igual. ¿Qué podíamos hacer frente al dolor ajeno en un país donde éramos unos completos extraños?

—Vámonos, Avril. El tren ya llegó.

—Pero esa mujer, su hija... ¿Y si la niña murió?

—No voltees. Esto también es India, mi país.

La expresión de Prãsad cambió totalmente: ya no era ese niño inquieto, sabiondo, que lo podía todo. Lo vi con expresión de adulto, de alguien consciente de que a lo largo de la vida iremos perdiendo aquello que más amamos.

Mientras viajábamos en el tren, no podía dejar de pensar en la mujer con su niña en brazos; desconocía si la pequeña estaba muerta o si alguien se había acercado a ayudarlos. Simplemente hice lo que me recomendó Prãsad, seguir adelante y no mirar hacia atrás. Y eso, además de irritarme, me hizo recordar la escuela. ¿Cuántas veces habíamos hecho lo mismo? Es decir, en no pocas ocasiones fui testigo de cómo acosaban a los que eran diferentes, inadaptados. Ellos pasaban por una situación similar a la mía: no encajaban en ese microuniverso, sufrían y nunca hice nada por defenderlos. Incluso recuerdo a chicos que, por miedo a ser ellos mismos víctimas del abuso, se unían a las burlas; hablar y mofarte de otros era la única manera de pertenecer. En verdad, ¿qué podemos hacer frente al dolor ajeno?

El cansancio acumulado hizo que todos cayéramos en un sueño profundo. Evidentemente, mi mamá fue la primera en quedarse dormida, luego Bencho, Prãsad y finalmente yo: no me era sencillo pues había quedado muy impactada con la escena de la mujer que lloraba, y también porque estaba anormalmente inquieta. Entrecerraba los ojos y no podía diferenciar entre lo que estaba soñando y la realidad.

El colmo fue cuando, en mis sueños, volví a ver a la chica del sari. Las dos estábamos en el tren, pero no podía despegarme de mi asiento; tampoco atinaba a decir nada. Ella me miraba con un rostro amable y luego volvió a hacer un gesto con las manos, el mismo que había presenciado con Bencho en Delhi: el *Abhaia mudra*, que se utiliza para alejar el miedo. Era como si quisiera decirme: "No te preocupes ni te angusties, no tienes nada que temer. Todo estará bien".

Me desesperaba porque no podía responderle nada y tenía muchas preguntas que hacerle; era una pesadilla de la que quería despertar pero no había forma de hacerlo. Se despidió y yo no tenía fuerza en los músculos. Estaba muy desconcertada, cuando alguien me trajo de vuelta a la realidad:

—Buenos días, Avril. ¡Estás en Haridwar!

La voz de Prãsad sonaba como el canto de un ruiseñor. Creo que nunca había pensado algo tan cursi.

~

Haridwar es una de las ciudades más sagradas de India; es un punto de peregrinaje para muchas personas, me explica Prãsad. Es más chica que Varanasi, pero es muy importante por la cantidad de áshrams y templos existentes. Lamentablemente no podemos quedarnos porque tenemos que seguir nuestro camino a Rishikesh, pero cuenta Prãsad que todas las tardes se hace una ceremonia al río Ganges conocida como arati y es una de las experiencias más bonitas que uno puede atestiguar.

Bencho me tiene ya un poco harta, porque sigue enojado y le vale si vamos a Haridwar o a Londres; está en una actitud que no lo comprendo. Mi mamá tampoco está muy interesada en este lugar, ya quiere llegar: desde que abordamos el tren en Delhi no paró de releer su revista con Kate

Moss en la portada, que ciertamente era la responsable de que nos encontráramos aquí porque en ese ejemplar encontró la entrevista con Maggie Rivers, titulada "INDIA CAMBIÓ MI VIDA. ME SALVÓ DEL SUICIDIO". Mi mamá podrá cambiar muchas cosas, pero en esencia sigue siendo la misma; está más loca que una cabra y nosotros otro tanto por seguirla a una aventura cuya principal motivación fue ¡una nota en una revista! Mamá, por favor, ¡nunca cambies! El mundo es más divertido contigo.

~~~

Son las siete de la mañana y decidimos no desayunar hasta llegar a Rishikesh, que se encuentra a veinticinco kilómetros de Haridwar; no es mucha distancia, así que optamos por tomar un *rickshaw*. Todo iba bien hasta que ocurrió lo que pensé que jamás sucedería con Bencho:

—¡¿Vamos a tomar esa cosa para llegar a Rishikesh?! ¿No hay nada mejor?

—Podemos tomar un camión, pero son más viejos y tardados, además de...

—Nadie te está preguntando. Estoy hablando con Avril y Mariana.

—Basta, Benjamín. Prāsad sólo quiere ayudar.

—Hija, ¿todo bien? ¿De qué hablan?

—Nada importante, señora, sólo de cómo éste ya tomó el control del viaje y estamos haciendo lo que él quiere.

—Bencho, ¿cuántas veces te he dicho que no me digas señora, cariño? Dime Mariana, hay confianza.

—¡Ya cállense los dos y dejen en paz a Prãsad! Él sólo está cumpliendo con su trabajo y nos ayuda a que todo salga mejor.

—¡Pues si su trabajo es ser tu novio, lo hace muy bien!

Cuando escuché a Bencho decir esto sentí cómo las venas se me hinchaban y el color de mi cara se iba enrojeciendo; su comentario me molestó como nunca. Entonces hice lo que toda Valiani haría en estos casos:

—No, Benjamín, ese no es su trabajo, es mi decisión. ¿Verdad, Prãsad?

Y sin pensar en las consecuencias abracé a ese chico moreno de hermosos ojos cafés, sabiondo, todo un as en matemáticas, con un discurso elocuente, y sin pedirle permiso lo besé como nunca había besado a nadie.

Mariana y Bencho se sorprendieron ante la escena. No sé cuánto duró ese beso, pero definitivamente hizo que el tiempo se detuviera, y por primera vez nada me importó lo que los demás pudieran pensar.

CAPÍTULO 19

MI SEGUNDO PRIMER BESO

Me siento rara, sin energía; creo que tengo miedo de perder lo que me hace tan feliz. No sé exactamente qué me impulsó a besar a Prãsad, pero no me arrepiento de haberlo hecho. Cuando nuestros labios se acercaron sentí algo que hasta entonces desconocía; se me enchinó la piel. Era como si el tiempo y el mundo se pararan en un instante. No me importó lo que pensaran los demás. Estoy segura de que esta manera de actuar es la que me hace toda una Valiani: la mayor parte del tiempo tomamos decisiones sin evaluar las consecuencias. Pienso en una película que una vez nos prestó el tío de Bencho: *La sociedad de los poetas muertos*. En esta historia, un profesor causó una verdadera revolución en la mente de sus alumnos, que estudiaban en uno de los internados más prestigiosos y tradicionales de Estados Unidos; no me impactó precisamente, pero recuerdo una frase que se convirtió en el lema de sus batallas frente a los desafíos que se les iban presentando: "¡*Carpe diem!*". Bencho, con su obsesión por los detalles *freaks*, me explicó que esta expresión es de Horacio, un poeta clásico: *Carpe* *diem quam minimum credula postero*, que significa: "Vive el momento, aprovecha el día, no confíes en el mañana".

Pues así me sentía yo: viviendo el momento, aprovechando lo mejor de cada día sin esperar nada del mañana. Y aunque tenía todo para ser feliz, había algo que me inquietaba; mi intuición parecía decirme que hoy, más que nunca, debía desconfiar del futuro. Como en *La sociedad de los poetas muertos*.

∼∼

Bencho y Mariana estaban sorprendidos. Estoy segura de que me ven diferente; Bencho me mira como si tuviese enfrente a una desconocida. Sí, reconozco que tomé una decisión por impulso, sin pensar en las repercusiones, tal como mi mamá suele actuar. Cuando besé a Prãsad, alcancé a ver que Mariana me guiñó un ojo e interpreté su gesto como complicidad y una manera de decirme, con todo su orgullo de madre, que yo reflejaba mucho de lo que ella es. Fingió un estornudo para que el beso terminara, pero no se escandalizó como lo habría hecho una mamá normal.

A pesar de esta reconciliación madre-hija, tenía un problema por resolver con urgencia, y es que ahora, en lugar de uno, eran dos los chicos desconcertados. Bencho, por un lado, se dio cuenta de que estaba ocurriendo algo más allá de una amistad con ese chico indio de ojos maravillosos, y por otro, Prãsad nunca imaginó que sería el cómplice de mi segundo primer beso. De esos que nunca, nunca se olvidan.

∼∼

Viajar en un *rickshaw* es muy frecuente en India: son pequeñas cabinas montadas en una motocicleta. Como éramos cuatro, y por lo voluminoso de nuestras maletas (por supuesto, me refiero a mi equipaje y al de mi madre, porque el de los chicos ocupaba muy poco espacio), Prãsad convenció al conductor de que sólo nos llevara a nosotros. Durante el trayecto a Rishikesh pensaba en la gente: son una gran nación. Al transitar por la carretera te encuentras con barrios muy pobres, pero a pesar de esta situación siempre están sonriendo. No hay carreteras pavimentadas ni jardines perfectamente podados; las mujeres visten de manera sencilla, sin utilizar esos peinados de salón que adoran las señoras que frecuentan el club hípico cerca de nuestra casa.

Los hombres andan a pie, descalzos o con sandalias; no manejan automóviles híbridos ni visten trajes de diseñador con zapatos negros impecables. Pero lo que más contrasta es que aquí, a pesar de estas condiciones, la gente es feliz, sonríe, te mira a los ojos al hablar. Allá todos te ignoran y fruncen el ceño con frecuencia; si los observas detenidamente, parece que siempre están inconformes. Comienzo a creer que ser feliz no tiene mucho que ver con cuánto tienes o cómo te vistes.

Rishikesh, con más de sesenta mil habitantes, es famosa por sus paisajes, templos y áshrams; está rodeada de montañas al encontrarse en las faldas de los Himalaya, a orillas del Ganges. Prãsad me cuenta que hace muchos años vivió en esa región un sabio de nombre Raibhya Rishi: era muy devoto y dedicaba todo su tiempo a estudiar los textos clásicos del hinduismo. Podría pensarse que, por ser un hombre de gran sabiduría, no tenía preocupaciones que lo afectaran, pero una cosa es lo que pensamos y otra la realidad. Así que un día inesperado, Raibhya Rishi comenzó a sufrir dificultades y se encontró en grandes apuros; sin embargo, lo que había sembrado tuvo frutos y nunca sintió miedo, así que Dios se le presentó con el nombre de Rishikesh, y de esta historia surge el nombre de este maravilloso lugar.

En términos prácticos puedes ubicar dos zonas bien diferenciadas: por un lado, el caótico centro, donde se localizan el mercado y los comercios, no es un área muy atractiva; pero apenas subes al valle, a lo largo del Ganges, encuentras la mayor parte de las escuelas de yoga, meditación y ayurveda, la medicina tradicional de India. Gente de todo el mundo viene a meditar y a practicar yoga. Hay mucho por hacer en sus dos barrios principales, Ram Jhula y Lakshman Jhula; además de tomar clases para aprender a contorsionarte en una clase de yoga o darte un masaje, como hicimos nosotros en Nueva Delhi, puedes realizar un descenso por las aguas del Ganges, aunque debes tener mucho cuidado si quieres nadar porque la corriente es muy fuerte.

Debo confesar que en este viaje mi mamá también me ha sorprendido; está serena, y aunque sigue con su GET activado, descubro que no somos como las demás. No puedo imaginar a todas esas víboras del club en un país como India, estoy segura de que saldrían huyendo a la menor provocación: definitivamente no somos como ellas, no encajamos en el lugar donde nos tocó vivir pero, así y todo, la pasamos bien. Estoy orgullosa de mi mamá y me encanta acompañarla en este viaje, no me arrepiento de nada. Mariana es mi Mujer Maravilla.

~~

Prãsad revisa que vayamos en la dirección correcta, está pendiente de que todo salga a la perfección; lo veo más concentrado que antes. No soy tonta, mi IQ por encima de la media me obliga a buscarle el lado racional a todo, y deduzco que está metido en todas estas actividades para evitarme. Lo percibo tímido. Y en mi otro frente de batalla reporto que Bencho ya está más tranquilo, pero sigue sin ser el parlanchín habitual: entiendo que un IQ alto no te capacita para resolver problemas de relaciones humanas. ¿Por qué insistimos en decidir con la razón los asuntos del corazón? ¡Qué cursi me escuché! Pero es que estoy metida en un lío: ¿cómo afronto, sin lastimarlos, la situación de estar en medio de dos personas que son importantes para mí? Mi mejor amigo casi no me habla y el chico que me dio mi segundo primer gran beso, y que me gusta mucho, ¡también se hace el loco para ignorarme!

~~

Cruzamos la parte más urbana y nos adentramos a una zona boscosa. Bencho me dice que estamos cerca del áshram del Yogui Maharishi Mahesh, donde Los Beatles aprendieron meditación trascendental en los años sesenta; cuando mi mamá escucha el dato, se endereza y canta *Lucy in the sky with diamonds*. Quedamos encantados por la voz de mi mamá: Prãsad la observa como si estuviera frente a Céline Dion. Bencho está contento. De pronto el conductor da un giro inesperado, ¡y mamá casi sale volando del *rickshaw*! Bencho alcanza a sujetarla y ella cae en sus brazos.

Prãsad se enoja y comienza a hablar en hindi con el conductor, que ha detenido el vehículo; está muy molesto. De pronto estalla en una carcajada y nos explica que el motociclista se distrajo al escuchar a Mariana: "*She sings very beautifully*", dice mientras mueve la cabeza de un lado a otro y sonríe. El susto queda atrás y nos contagiamos de la risa de Prãsad cuando nos recuerda que mamá sigue en los brazos de Bencho.

Cuando escuché cantar a mamá pensé en la abuela; en particular, esa canción de Los Beatles también se la había escuchado a ella en varias ocasiones. Recordar a Adelaida me pone un poco triste, la echo de menos. Me doy cuenta de que también extraño las cosas propias de mi vida cotidiana: la casa, la comida, la escuela, el parque donde Bencho y yo veíamos las estrellas, a *Chester* y obviamente a papá. ¿Por qué nuestro mundo, donde nos sentíamos tan cómodos, puede cambiar de la noche a la mañana?

Prãsad me saca de mi azote emocional porque comienza a gritar como loco y parece olvidar por un momento que lo besé frente a mamá y Bencho:

—Avril, ¡ya llegamos! Este es el Anand Prakash Yoga Ashram. ¡Aquí nos quedaremos!

Nos acercamos al sitio donde impartirán el curso de desintoxicación emocional que tomaremos con mi mamá. Estamos en un lugar conocido como Tapovan: *tapas* significa *austeridades*, y *van,* bosque, así que este lugar es "el bos-que donde los yoguis practican austeridades. Obvio, esta información provino de un Prãsad visiblemente emociona-do, que parece que vuelve a ser el de antes.

~~~

Hay literalmente un mundo de gente en el áshram. Creía que éramos los únicos locos que habían viajado desde tan lejos, pero nos encontramos con personas de Canadá, Ja-pón, Estados Unidos, Argentina, México, Australia, Cen-troamérica y por supuesto India. Parece que habrá una celebración importante. Aunque en la recepción hay gente esperando, pronto nos asignan una habitación: Prãsad está resolviendo todo y Bencho se ve feliz porque hay gente de todas las edades y de varios rincones del planeta. La posi-bilidad de conocer personas siempre le emociona, más si están guapos, como un par de australianos formados exac-tamente delante de nosotros.

Bencho no me dice nada, pero no hace falta. Desde que nos conocimos ese día bajo la lluvia hemos aprendido a entendernos sin decir palabra alguna: basta una mirada, un movimiento del cuerpo para intuir lo que el otro está pensando. Ya me encargaré más tarde de interrogarlo y lo-grar que me cuente todo; no será difícil. Por lo que alcancé a escuchar, parece que esos chicos vienen con un grupo de jóvenes. Pensé que el curso estaba diseñado sólo para ma-más desquiciadas como la mía, pero todo indica que el gurú —como llaman al maestro que dirige el curso— es muy po-pular en el mundo y rara vez imparte enseñanzas de manera presencial, por lo que muchos de sus seguidores han viajado hasta aquí.

No pude enterarme de más cosas porque mi mamá, una vez más, volvió a ser el foco de atención; su necesidad de ser el centro de todo puede desesperarme. No entiendo en qué momento entró al baño y se cambió de ropa: se puso una mascada blanca, su gran sombrero, sus enormes lentes oscuros y cambió sus sandalias por unos zapatos de plataforma; además, traía un vestido que resaltaba su excelente figura. Lucía completamente fuera de lugar, pero se veía espectacular. El grupo de chicos donde estaban los dos australianos inmediatamente comenzaron a lanzarle piropos y mi mamá era la más feliz. Las mujeres, sobre todo las que venían ataviadas con un sari, la escudriñaban de pies a cabeza con la mirada y comenzaban a hablar entre ellas con gestos evidentes de absoluta desaprobación; yo quería que la tierra me tragara. Bencho detectó que no la estaba pasando bien e hizo que mamá apresurara el paso para que no estorbara con todas sus maletas; yo me quedé afuera con Prãsad, esperando a que Mariana se alejara.

—Avril, ¿puedes volver a hacerlo?

—¿De qué hablas, Prãsad? No estoy de humor. ¿Viste cómo se vistió mi mamá? Ni al caso. Me siento terrible.

—Del beso, Avril. ¿Puedes volver a hacerlo?

No supe qué decir, sólo me paré y lo jalé a un lugar detrás de las oficinas de la recepción para que nadie nos pudiera ver: le di un abrazo y lo besé una vez más.

CAPÍTULO 20

MI PRÍNCIPE

La vida en el áshram es sencilla. Las habitaciones son bonitas, pero nada lujosas; tampoco es que estemos en un reclusorio, pero definitivamente no es un hotel de gran turismo.

Sin embargo, todos estaban muy contentos porque en la noche estábamos invitados a una celebración especial con un banquete y un baile; se trataba de una ocasión que tenía lugar con poca frecuencia en el año.

Volvimos a ataviarnos con la ropa que mi mamá compró en Nueva Delhi; Bencho y Prãsad se cambiaron en su habitación, pues hombres y mujeres estábamos separados en el edificio.

Nos reunimos en un salón enorme donde había un mar de gente, todos vestían ropa tradicional india. Mariana se veía hermosa y así lo reconocieron las mujeres que volvimos a encontrar en el salón: cuando recién llegamos, y no las culpo, le lanzaron miradas de desaprobación porque ¡sólo a mi madre se le ocurre llegar a un retiro espiritual vestida con un atuendo de diseñador! Pero, al verla con indumentaria tradicional, nos regalaron una sonrisa cálida que nos hizo sentir muy bien.

Definitivamente había algarabía y un contagioso senti-
miento de alegría que transpiraban cada una de las paredes,
bellamente decoradas con flores e imágenes de deidades
hindúes y otros personajes que, Bencho me explicaría más
tarde, eran maestros que transmitieron los secretos de la felicidad de generación en generación en un linaje que se re-
montaba varios siglos atrás.

Estaba muy contenta. Era difícil de explicar, y de pronto,
no sé si te ha pasado, pero sientes en el ambiente una energía
magnética que te obliga a dirigir la mirada a un punto especí-
fico; ese impulso incontrolable llevó mi vista hacia un grupo
de chicos que estaban en una esquina. Vi a Bencho y a los australianos, pero inesperadamente todos se hicieron a un lado,
como en un musical de Broadway, y entonces veo frente a mí
a un chico vestido como un príncipe, de turbante y con una
kurta hermosa y un *salwar*: la blancura de sus ropajes no hacía más que destacar la belleza de sus facciones y la profundi-
dad de esos perturbadores ojos oscuros que podían hechizar
a cualquiera. Ese chico, mi príncipe, era Prãsad.

～～～

En el centro del salón, unos músicos tocaban instrumentos
tradicionales: un joven hacía sonar los típicos tambores que
marcan el ritmo en la música hindú, los tablas y el mridanga,
un tambor típico que se utiliza en India. Cinco chicas ataviadas con hermosos saris de colores brillantes, como prince-
sas de un cuento de hadas, tocaban sentadas una el armonio,
otra el sitar y las tres restantes formaban un coro y acompa-
ñaban la melodía con címbalos y panderos.

Primero las chicas formamos dos grandes círculos y entramos en una coreografía sencilla que fluía al ritmo de la música; nunca había bailado así, pero los pasos son fáciles de seguir. La música era hipnótica, nos movíamos primero lento, y el tiempo parecía detenerse en un pulso constante conforme se incrementaba el ritmo. Mi mamá estaba feliz, el regocijo de todos nos daba una energía con la que nos entregábamos por completo a la celebración, y en ese estado dejábamos atrás los problemas y las situaciones que nos atormentaban: al dirigir nuestra atención al momento que vivíamos, conectábamos con un estado de dicha innato que surgía desde lo más profundo de nuestros corazones.

Conforme el baile avanzaba, parecía que el mundo exterior se movía a un ritmo distinto; tenía la sensación de salirme del cuerpo y ver todo como en una gran pantalla IMAX. Sin evadirme de lo que ocurría, es decir, plenamente consciente de que estábamos en un áshram en Rishikesh, me convertí en una especie de testigo de las cosas que sucedían en la vida de mis papás, de Bencho, y por supuesto de la mía. Vi a los chicos que nos hacían burla en la escuela, el divorcio de mis padres, a las señoras del club hípico que despreciaban a la abuela por no haberse vuelto a casar y que ahora dirigían su resentimiento hacia mi madre porque vivía la vida que deseaba, sin importarle el qué dirán; también volví a ver a la chica del sari, que sonreía con un gesto de aprobación.

Todas estas imágenes pasaron como en una película antigua: no como las que recomendaba el tío de Bencho sino aún más vieja y sin sonido. Y mientras contemplaba los acontecimientos recientes de mi vida, bailando en círculos al ritmo de mantras y entre aroma a inciensos de flores, sentí algo que me dio un escalofrío: la presencia de la abuela.

Volteé de inmediato para cerciorarme de que no estuviera ahí porque percibí su aliento, la calidez de su corazón, que me remontó a mis años de infancia; me veía como una niña de cinco años, protegida por mi abuela y por mis padres. No podía dejar de bailar y me llegó, con claridad, la certeza de que los hechos dolorosos que me habían lastimado en los años recientes seguirían ocurriendo y eran una parte de mi vida que no podría controlar: independientemente de que estuviésemos al otro lado del mundo, en un país tan lejano como India, siempre habría situaciones que nos molestarán, pero no debían desalentarnos porque contábamos con personas que cuidaban de nosotros. Así pues, me di cuenta de que podía ser la chica más feliz de este universo aquí y ahora, sin preocuparme por lo que viniera mañana o arrepentirme de lo sucedido antes; lo único que debía hacer era confiar en que no estaba sola, que tenía amigos, que mis padres, aunque estuviesen pasando por un periodo difícil en sus vidas, no dejaban de amarme. En ese momento me sentí inmensamente dichosa viendo a mi madre contenta, bailando como lo hacía la abuela, siempre libre, y observando a mi príncipe indio, más guapo que nunca.

~~~

Tocó el turno a los chicos. La dinámica era la misma: bailar en círculos al ritmo de la música, que iba *in crescendo*. Me aprendí rápidamente el mantra que repetía el coro: *Hare Krishna | Hare Krishna | Krishna Krishna | Hare Hare.*

Ver a Bencho bailar me dibujó una sonrisa de felicidad en rostro; era libre y eso expresaba. Se divertía como nunca en mi vida lo había visto hacerlo. Al principio estaba muy reacio, dijo que tenía la gracia de un hipopótamo para moverse y una discordancia motriz motivada, según él, por que su cerebro se ocupaba de cosas más importantes que mover el cuerpo como antesala de un ritual de apareamiento, y empezó a ver su teléfono inteligente para obtener información y pretender que hacía algo más importante que divertirse en un baile. He aprendido a identificar los signos de que Bencho está incómodo en una situación: primero se pone de malas, su rostro se vuelve rígido y comienza a criticar todo; luego saca su teléfono para encontrar información, lo que suele decir que es más importante que el momento que estamos viviendo, y comparte conmigo las historias más absurdas y estúpidas del mundo. Por ejemplo, me pasó un estudio estadístico publicado por el Instituto Japonés de Cuidado del Agua que presentaba la calidad del agua embotellada en los países subdesarrollados; cuando comienza a ponerse intenso con esa actitud no me queda más que ser paciente, poner mi mejor cara y fingir que me interesa conocer qué país cuenta con la mejor agua embotellada de consumo masivo. Además, las Valiani tenemos el don de la intuición, que nos alerta cuando algo no está bien, y yo tenía la certeza de que esa noche las cosas no sólo iban a salir bien, sino que serían memorables.

Como Bencho es alto y empezó a mover la cabeza de un lado a otro para observar todo en el salón, me pareció idéntico a un suricato que analizaba con detenimiento su hábitat. Me divertía verlo así, curioso, descubriendo el mundo más allá de una aplicación en su celular. La ropa le quedaba muy bien y se veía muy guapo; no dejaba de mirar, con cierta coquetería que hasta entonces le desconocía, a Thomas y a Josh, los australianos, que estaban igual de felices.

Había una magia indescriptible en el lugar. Al fondo, detrás de un sillón enorme, contemplaba todo un retrato de Swami Anandananda, el maestro que nos había hecho viajar miles de kilómetros sólo para escucharlo.

Reflexiono sobre el porqué de nuestro viaje a India y caigo en cuenta de que la única obstinada había sido mi mamá, quien leyó sobre este lugar en *Vogue*; yo la seguí porque mi abuela me la encargó, ya que estábamos seguras de que dejarla venir sin compañía sería un desastre monumental, y Bencho porque está loco y me sigue en cualquier plan desquiciado con tal de alejarse de las agresiones que ha padecido en la escuela. El destino siempre nos ofrece extrañas jugadas que no se pueden comprender a primera vista. Al final, todos estamos aquí por una publirrelacionista que después de bajarle a su dosis de Rivotril estuvo a punto de suicidarse, y sólo su viaje a la enigmática India pudo salvarla. La pregunta que me hacía era: "Y nosotros, ¿de qué nos estamos salvando?".

CAPÍTULO 21

MI BODA

Mi cerebro funciona de una manera muy peculiar. Cuando se trata de tomar una decisión, surge en mi cabeza una imagen que me permite visualizar todos los escenarios posibles y sus consecuencias (me fascina esa expresión de "escenarios posibles", la aprendí de mi papá); no sé cómo lo hago, y aunque cada vez que tengo una pregunta nunca renuncio a encontrar la respuesta y me obsesiono hasta dar con ella, la única interrogante que no me quitaba el sueño a mis quince años era saber por qué mi cabeza operaba de esta manera. No lo sabía, y lo más importante, no me interesaba saberlo; quizá era un mecanismo de defensa que había desarrollado desde edad temprana para sobrevivir a los *bullies* de la escuela y a las locuras de mi mamá.

La verdad es que esta disertación (otra de esas palabras raras que a Bencho le encanta utilizar) estaba relacionada con el hecho de preguntarme de qué nos estábamos salvando al haber viajado a un lugar tan alejado, o de qué estábamos huyendo. Mis pensamientos me absorbían totalmente mientras todos bailaban y reían en el áshram.

—Ya te estás malviajando una vez más, ¿verdad, Avril? ¿O es Prāsad, que te trae embobada? —me preguntó Bencho para sacarme del aletargamiento reflexivo.

—¡Por supuesto que no! Es más, el que debe cerrar la boca eres tú, que no dejas de mirar a los australianos.

No parábamos de reír, hasta que fuimos interrumpidos por el silencio absoluto que envolvió a la sala. Todos nos sentamos en el piso, los hombres de un lado y las mujeres en el otro; dejamos al centro un espacio que abría un camino hacia el enorme sillón. En eso volteamos y entró el maestro hindú del que mi mamá había leído en la revista: era un hombre de unos cuarenta años, piel radiante y ojos claros y puros como el agua.

Si comparo lo que sentí cuando vi entrar a Prāsad ataviado como un príncipe indio, puedo decir que era totalmente distinto a lo que experimentaba en ese momento. Prāsad se había convertido, por unos minutos, en mi todo, mi mundo, lo único que acaparaba mi atención, pero era una conexión que sólo él y yo entendíamos; en cambio, este hombre que atravesaba la sala vestido con túnicas naranjas ejercía un gran magnetismo sobre todos: era prácticamente imposible no percibir su presencia pacífica y serena.

Tomó su lugar, y una chica canadiense traducía al inglés las palabras que él pronunciaba en hindi:

—Con un profundo respeto y el corazón abierto, les damos la bienvenida —comenzó la intérprete—. Para quienes no lo conocen, *Swamiji* viene de una familia de devotos y maestros que se han encargado de estudiar y expandir, durante varias generaciones, las enseñanzas de los Vedas. Hace veinte años, por instrucción de su propio maestro, que

Swamiji tomó los votos monásticos y se ordenó con el nombre de Swami Anandananda, "La Dicha de la Dicha", con la encomienda de acercar a todo tipo de personas, independientemente de su condición social, económica, cultural, género u orientación sexual, la experiencia de que podemos ser felices aquí y ahora.

Todos aplaudieron y el monje sonrió de tal manera que nos contagió un inexplicable estado de contentamiento e inició su charla, traducida por la canadiense:

—Están aquí porque quieren desintoxicarse emocionalmente. La mente occidental me interesa mucho. Si los hubiese invitado a platicar sobre las enseñanzas del vedanta, tendríamos únicamente a la mitad de los asistentes. Pero la mente occidental es bromista, y cuando escucharon el término *desintoxicación*, asumieron inmediatamente que estaban intoxicados de algo y necesitaban sanar. Si bien es cierto de que existe algo que nos impide darnos cuenta de las maravillas que tenemos a nuestro alrededor, esto no significa precisamente que estés intoxicado de algo malo. Tienes que comprender que la maravilla real de la experiencia y de la vida está basada en las constantes variaciones de luz y oscuridad, de superior e inferior, de pérdidas y ganancias, de muerte y nacimiento. Comprende que nada es estático: ahí es donde está la raíz del sufrimiento. Pensamos que en la vida todo será como siempre ha sido y eso es un gran engaño de la mente. Todo está en constante transformación: todo, nada se escapa. El agua va continuamente del estado líquido al gaseoso y luego al sólido, en el orden que prefieras; ayer fuimos bebés, niños, hoy somos jóvenes y adultos, y probablemente envejezcamos y vivamos un par de años más para luego abandonar este cuerpo. Todo está en constante transformación, no lo olvides. Y para fortalecer la mente, mantenerla atenta, es que meditamos. La meditación nos permite calmarnos, generar una visión de testigos y observar como simples espectadores este conjunto de cambios que llamamos vida. Así que adopta una postura cómoda, pon la espalda recta, coloca las manos sobre las rodillas, junta los dedos índice y pulgar, y permite que el aire entre por tus fosas nasales en respiraciones profundas; inhala largo, exhala largo y lento. Siente cómo el oxígeno llena tus pulmones y cómo al exhalar te vacías y dejas ir todo aquello que te estorba para obtener claridad. Inhala por la nariz, exhala por la nariz a un ritmo natural; cuando inhales repite mentalmente *ham*, y cuando exhales *so*: *So ham*, "yo soy eso". *Ham* al inhalar, *so* al exhalar. Vamos a meditar por unos minutos.

Las luces se apagaron, sólo se apreciaban unas velas que alumbraban un altar; podía percibir un olor a incienso que me recordaba a un jardín lleno de flores, iluminado por un sol radiante. La chica del sitar lo hacía sonar, lo que favorecía un ambiente de profunda relajación.

Intenté encontrar explicación a las sensaciones que experimentaba y volvió a aparecer esa imagen mental que surge siempre que tengo que tomar decisiones. Sin embargo, ahora había algo diferente: el esquema rígido que habitualmente visualizaba con claridad, ahora se deformaba en líneas que danzaban frente a mí. En lugar de angustiarme, una gran sonrisa iluminó mi rostro y poco a poco cada línea se fue haciendo más delgada hasta desaparecer. De pronto me encontré en una oscuridad total, pero pude apreciar una pequeña luz azul que brillaba con gran intensidad; dirigí mi atención hacia ella, y comenzó a tomar forma y se convirtió en una niña. ¡Esa niña era yo, pero de tres años! Estaba jugando con mis muñecas, una Barbie y un Ken. ¡Estaba preparando su boda!

Muy en el fondo, descubrí que detrás de la Avril ruda, desaliñada, que quería ser diferente de todas las otras chicas de la escuela, las que no dejaban de burlarse de ella, había una niña hermosamente cursi y coqueta que soñaba con conocer al príncipe de los cuentos que le leía su abuela en voz alta antes de acostarse; y al igual que las protagonistas de esas bellas historias, esta niña deseaba casarse y vivir felices para siempre, igual que mamá.

～

No pude evitar que mi corazón se emocionara de tal manera que las lágrimas comenzaron a recorrer mis mejillas. No había nada de malo en saber que podía ser cursi también: entendí que la inteligencia no está peleada con el amor ni con soñar con que un príncipe se asomará a tu ventana para tomar tu mano y tocar las estrellas. Yo encontré a mi príncipe en el lugar más lejano a mi casa, era un chico de piel morena, originario de un país que te sorprende a cada momento. Había encontrado a mi príncipe, y sabía que podía perderme en sus ojos.

～

Saber quién eres sin juzgarte, recordar que me encanta ser coqueta y que estaba aquí, al otro lado del mundo, acompañando a mi mamá en una más de sus disparatadas decisiones, me hacía feliz. Estas pequeñas cualidades —o defectos— eran las que nos definían, las que nos hacían únicas.

¿Quién tiene la verdad para decirnos que debemos actuar de tal o cual manera? Me perdoné por ser tan severa conmigo misma; también por haber creído en cierto momento que mi mamá era la culpable de que mi papá se alejara de nosotras, pero ahora entiendo que su verdadero propósito era recordarle a él que la libertad es aceptar quien eres sin tratar de quedar bien con todos. Andrés, mi papá, ya había entrado en el juego que todos estaban jugando: aparentar que todo se definía por cuánto dinero tienes en tu cuenta bancaria, qué lugar ocupas en la compañía y a qué familia con apellido de abolengo perteneces.

Comprendí que mi mamá, dentro de sus excentricidades y locuras, era tan sabia como la abuela Adelaida.

~~~

El sonido de un gong nos sacó de la meditación. Nos pidieron mantener esa atmósfera de silencio que habíamos creado.

Nos dirigimos a nuestras habitaciones, y sin decir una sola palabra, Bencho, Mariana y yo intercambiamos miradas de aprobación. No hizo falta decir que estábamos felices y que algo había cambiado esa noche.

Mientras caminaba a mi habitación, me detuve en un balcón entre el salón principal y el área de los dormitorios. Había un silencio en el que sólo se apreciaba el sonido del viento desde los Himalaya: era como escuchar su respiración. La luna resplandecía de una forma especial. Estaba completamente abierta a su caricia cuando alguien tomó mi mano y la apretó dulcemente: me volví y era Prãsad. Nos mantuvimos en silencio, mirándonos profundamente a los ojos con la luna como testigo. Si bien, como decía Swami Anandananda, la belleza de la vida estaba basada en las variaciones constantes entre luz y oscuridad, hoy podía decir que, a mis quince años, estaba viviendo uno de los momentos más luminosos de mi vida.

CAPÍTULO 22

UNA CADENA
DE CASUALIDADES

Hace más de quince años mi papá tuvo el deseo de mejorar su francés; era consciente de que tenía muchas habilidades, pero aprender idiomas no era una de ellas, sabía perfectamente que era un cabeza dura para aprender sobre gramática y vocabulario. Había leído en la universidad un artículo sobre la escuela suiza de arquitectura, por lo que se sintió motivado para mejorar sus notas y conseguir una beca en extranjero, y gracias a sus ganas de aprender conoció a mi madre: si no hubiese leído esa revista, que lo hizo pensar en obtener una beca en Suiza, para lo cual tenía que tomar clases extra de francés en el centro de idiomas donde mi mamá era voluntaria, seguramente yo no hubiese nacido. Así que, en pocas palabras, el que me haya topado con el niño más guapo en un continente lejano se lo debo en principio a una publicación de arquitectura que un estudiante ambicioso leyó en la escuela.

Empiezo a creer que todo en la vida es una cadena de consecuencias: es la teoría del "efecto mariposa". Los chinos, me cuenta Bencho, tienen un proverbio que enseña que "un leve aleteo de una mariposa se puede sentir al otro lado del mundo". Y es que un pequeño incidente, tal vez una decisión insignificante, determinó el momento que estoy viviendo.

La vida tiene etapas que no alcanzamos a comprender del todo. Hay instantes en que nos enojamos, nos sentimos incomprendidos, en los que todo parece salir mal, pero estoy segura de que en el mediano y largo plazo sus razones serán más claras. No todo es tan malo, aunque me cueste tanto entenderlo.

～

Llevamos tres días en el áshram. Nos sentimos felices, aunque yo estoy algo inquieta; tengo un presentimiento que no me deja concentrarme. No he querido quejarme porque he visto a Bencho más alegre que nunca, haciendo nuevos amigos, siendo quien es sin que nadie lo moleste, y mi mamá parecía más aterrizada, más calmada. Seguía siendo la misma, pero algo en ella era diferente: estar lejos de casa, en un ambiente donde no podía evadirse ante el caos, parecía conectarla con una dicha que había perdido. Volví a verla como la recordaba: alegre, sonriente, con energía, en su papel de mamá y amiga. Así que no quería acabar con ese momento que vivían los seres que más quiero en el mundo; lamentablemente, no fui yo la que rompió la burbuja en la que estábamos.

Bencho llegó corriendo; evidentemente estaba preocupado. No recuerdo con claridad el ritmo que tomaron los acontecimientos, pero tengo fresco en la memoria que Bencho me abrazó y me susurró al oído: "Todo estará bien, toma las cosas con calma. Tu mamá ya está enterada. Prāsad está con ella".

Mientras Bencho me abrazaba, volví a ver a la chica del sari: estaba una vez más en el áshram, pero su rostro era distinto, lucía angustiada. Sus manos no estaban realizando ningún mudra, como solía hacer cada que aparecía frente a nosotros, simplemente movía ambos brazos indicándonos que no debíamos perder tiempo e irnos de inmediato.

Empacamos todas nuestras pertenencias, dos chicas canadienses me ayudaron con el equipaje de mi mamá para estar a tiempo.

En uno de los pasillos me encontré con Bencho, Prāsad y Mariana; mamá estaba inusualmente tranquila y comenzó a tomar decisiones para regresar a casa. Ella y Prāsad se coordinaron para que el traslado fuese inmediato: de Rishikesh debíamos tomar un vuelo a Delhi para luego regresar a América. Swami Anandananda se había enterado de lo ocurrido y de que necesitábamos partir cuanto antes. A cada uno nos abrazó de forma amorosa: cuando se despidió de mí, sentí una paz que me trajo de vuelta a la realidad. Alcancé a escuchar que murmuró: "Avril, la vida no es buena ni mala; simplemente, la vida es como es". Entonces recordé que Bencho me dijo que mi abuela Adelaida había sufrido un ataque cardiaco y estaba hospitalizada.

En nuestro trayecto al aeropuerto no podía dejar de sentir miedo ante la idea de que la abuela muriera. No me hacía a tal pensamiento: el temor nos paraliza.

Todo estaba al revés: cuando supuestamente había viajado hasta acá para cuidar a mi mamá, ella y Bencho eran los que veían por mí. En mi teléfono escuchaba *Love yourself*, la canción de Justin Bieber; me gustaba, pero ahora me sonaba triste. ¿Cómo puedo quererme a mí o a los demás cuando estoy a punto de perder a una de las personas más importantes de mi vida?

Estaba tan triste que no me había dado cuenta de que Prãsad me tomó de la mano todo el camino. Estaba tan triste que no me había dado cuenta de que el viaje que nos cambió a todos estaba a punto de terminar y tendríamos que regresar a nuestra realidad.

~~

Prãsad, en su intento por tranquilizarme, me contó que los habitantes de India la ven como una madre: es protectora cuando se trata de brindar amor y cuidados a sus hijos, pero se muestra hostil cuando siente que algún extraño representa un peligro. Me dijo que India sentía nuestra aflicción y que por eso el regreso se estaba dando sin ningún contratiempo: llegamos increíblemente puntuales al aeropuerto de Jolly Grant en Dehradun y nuestro vuelo no presentaba ningún retraso. Un grupo de monjes con túnicas naranjas esperaban también para volar a Nueva Delhi; los miraba con atención y de pronto, detrás de ellos, volvió a asomarse la chica del sari, pero vi con asombro que esta vez su rostro había cambiado: la chica del sari ¡era yo!

~~~

—Avril, tenemos que despedirnos. Yo no tengo boleto para Delhi: me quedo aquí.

—¿Qué? ¿De qué estás hablando?

—Mis tíos ya están al tanto de su llegada y tienen listos sus pasajes para regresar a casa. No tiene ningún caso que vaya con ustedes.

—Pero, ¿y si nos pasa algo? ¿Si nos perdemos, si no entendemos el idioma, si el vuelo se retrasa... si nos sentimos solos?

—Está Bencho, tu mamá; tienen mi número. Esta parte del viaje tienes que hacerla sola. Corre, que ya tienen que pasar la revisión, o perderán el vuelo y no hay otro hasta el próximo martes.

Sentí en el corazón una punzada que me dolió como nunca había experimentado antes. Era el dolor más agudo; me sentí sola, desvalida. De pronto, una vez más parecía que todo lo bueno que me pasaba en la vida se perdía. Aunque ahí estaba Bencho, el mejor amigo que una chica pueda anhelar en el mundo, con su inteligencia, sus ocurrencias y sus ganas de vivir, y también Mariana, quien es lo máximo, mi amiga, mi mamá, que nunca me abandonaría, con quien me había reconciliado y cuyos ojos volvían a tener ese brillo de antes, a pesar de estos dos seres maravillosos, me veía como la niña más sola del universo.

Bencho me tomó por los hombros y me llevó a la zona de revisión antes de entrar a las salas de abordaje; unos soldados custodiaban la fila, así que una vez cruzada esa línea no había vuelta atrás. Mi mamá sabía que estaba sufriendo y que no me era fácil aquella situación. Yo veía cómo Prāsad se quedaba atrás con sus hermosos ojos cafés, y entonces me percaté de que detrás de él estaba una vez más la chica del sari, esa presencia que nos había acompañado desde que llegamos a India, y parecía haber venido a despedirse. Sabía que la chica del sari era yo, pero a diferencia de la última vez que la vi en el áshram, ya no estaba angustiada sino serena, así que decidí hacer lo que sabía era lo correcto. Me alejé de Bencho y Mariana y corrí hacia Prāsad: lo abracé tan fuerte como pude, los dos rompimos a llorar.

—Gracias por todo, Prāsad: por ayudarnos, por estar conmigo, por mi primer beso, por ser mi príncipe.

Prāsad me abrazaba con fuerza. No podía decirme mucho porque estaba llorando, así que simplemente, como un susurro del viento, escuché que sus labios esbozaban con todo el afecto del mundo las siguientes palabras:

—Te amo, Avril.

CAPÍTULO 23

TODO ESTARÁ BIEN

Nos tomó dos días llegar a India, pero de regreso todo corría a una velocidad distinta: el dolor de saber que cabía la posibilidad de no volver a ver viva a mi abuela trastornó mi noción del tiempo.

Salimos de Nueva Delhi e hicimos una escala en Frankfurt; no nos habíamos percatado, pero al ser todo tan intempestivo, lo último que se nos ocurrió fue bañarnos. Bencho, mamá y yo traíamos una facha de *hippies* que no nos la creíamos, estábamos sudados y llenos de tierra; Mariana, que suele estar impecable en todo momento, lucía irreconocible. La gente nos observaba, pero no nos importaba en absoluto lo que pensaran. Teníamos nuestros propios problemas como para preocuparnos por las miradas inquisitivas de los demás.

Yo iba muy pensativa. Era consciente de que regresaría al mundo del que me había alejado, y tendría que enfrentar de nuevo el ambiente hostil de la escuela y aceptar que el divorcio de mis papás era una realidad. Sin embargo, también tenía la firme convicción de que ya no era la misma. Algo definitivamente había cambiado.

~~

Me gustaría que el avión nunca aterrizara, que volara eternamente y estar siempre en el cielo, acompañada de mi mamá y de Bencho, mi mejor amigo.

~~

Tengo en el estómago esa punzada que tanto me molesta. Cuando le trato de explicar a Bencho mis sentimientos, el tarado insinúa que se trata de un gas; ojalá eso fuera, pero no es así. Estoy enojada, triste y molesta, no puedo entender por qué la gente que quiero me abandona. Primero mi padre; ¿qué fue lo que ocurrió? ¿Acaso dejó verdaderamente de querernos? Éramos una familia feliz: nos reíamos, jugábamos todo el tiempo. *Chester* movía la cola como loquito cada vez que él llegaba de la oficina. Por su parte, Mariana lo ama profundamente, no existe espacio en su corazón para otro hombre. Por eso me cuesta tanto entender por qué prefiere estar solo y no con la gente que lo quiere.

Después viene mi historia con Prãsad, el chico más lindo del planeta entero: es mi príncipe indio, el que robó mi primer beso (debo ser sincera y admitir que en realidad fui yo quien lo besó), pero literalmente está al otro lado del mundo. Nuestra despedida fue abrupta, como los últimos acontecimientos de mi vida; sin embargo, lo que más me molesta es que no he recibido ningún mensaje de WhatsApp ni un correo suyo. Entonces, ¿debo aceptar con resignación que lo nuestro ha terminado, como si todo lo que vivimos en India hubiese sido un sueño nada más? Si

Buenos días Avril, ¡Estás en Delhi!

dijo que me amaba, ¿por qué no me ha escrito para preguntarme cómo estoy o si el regreso a casa se ha dado sin ningún contratiempo? Nada. ¿Por qué la gente que amo me abandona?

Lo que más me aterra es la perspectiva de perder a mi abuela. Voy con la certeza de que se recuperará, que volverá a ser la mujer fuerte que siempre ha sido. Es el pilar de nuestra familia, sabia como una hechicera; si todos fuéramos un bosque, ella sería una secoya gigante de California. No me abandonará, estará conmigo todo el tiempo: no me cabe la menor duda. La vida nos tiene deparadas muchas aventuras más. Tengo que contarle que en India encontré a un príncipe, que me dieron mi segundo primer beso, que me siento orgullosa de mi mamá, con quien me he reconciliado y que la entiendo mucho mejor, que el viaje que hicimos ha sido el más loco imaginable. Quiero decirle que la quiero con todo mi corazón y que en todo momento sentí que estaba ahí, con nosotras; que no tiene que guardar más secretos, que mi corazón me dice que ella era la chica del sari y que esa era su manera de cuidarnos. Tengo tantas cosas que decirle.

∿

Estamos a unas horas de aterrizar. Durante el vuelo hice una lista de las diez cosas que tendré que hacer llegando a casa:

Apoyar a mi mamá en todo momento; es una mujer increíble. Sé que no ha hablado mucho sobre el estado de salud de mi abuela, pero ya no lo hace por evadirse sino como una forma de protegerme y evitarme cualquier sufrimiento. No

215

es que el viaje la haya cambiado mágicamente: creo que nos hacía falta estar un tiempo a solas, lejos de los demás y valiéndonos por nosotras mismas.

Quiero estar todo el tiempo con mi abuela. Estamos a una semana de que inicien las clases, así que podré acompañarla día y noche en el hospital o en su casa, cuidándola. No quiero despegarme de ella.

Si antes quería a Bencho, mi cariño por él se ha elevado a cifras aún no imaginadas por los científicos. Sé que a veces tiene su carácter, pero es el niño espagueti más adorable sobre la faz de este planeta. Por eso debo decírselo, no quiero esperar a que tengamos una crisis para expresarle lo importante que es para mí.

Buscaré a mi papá. Sé que las cosas no han estado bien entre nosotros, pero necesitamos hablar. Sí algo descubrí en este viaje con Mariana es que no está para nada mal acercarte a tus papás. Acepto que las más de las veces actúan raro y no los entiendo, pero por experiencia propia comprendí que pasar tiempo juntos, aunque sea sin decirnos mucho, nos ayuda a entendernos.

Pasar todo el verano con tu mamá no es lo más *cool* y es de *losers*, pero ha valido la pena. Mariana no es sencilla, es la mamá más excéntrica de este sistema solar, pero este viaje ha sido increíble.

Quiero ver a *Chester*. Mi perro es mi segundo mejor amigo después de Bencho: todo el tiempo está ahí, sin importar lo triste que me sienta, y lo he descuidado. No podemos olvidarnos de los seres que nos son importantes. Continuamente creemos que nuestro pequeño mundo nunca se modificará y que siempre estará ahí para nosotros, pero no es cierto; en cualquier momento puede cambiar.

Por lo que me ha dicho Bencho, el Club de Alumnos Sobresalientes Inadaptados ha reconsiderado su posición y ya me ve como una más de sus integrantes. Saben lo que hemos sufrido en la escuela, han estado al tanto de todas las locuras de mi mamá y nos ayudaron mucho durante el viaje; todo el tiempo le enviaron valiosa información a Bencho, y así fue como la pasamos bien en un país tan bellamente caótico como India. A mi regreso, iré a verlos de inmediato.

No podemos permitir que haya más abusos en la escuela, tenemos que diseñar una estrategia; yo me encargaré de eso. Somos inteligentes y el conocimiento es nuestra fortaleza. No me resignaré a que Bencho vuelva a sufrir otro ataque como el de las regaderas, tenemos que denunciarlo con el director, con los coordinadores y maestros. Me aseguraré de que no se repitan estos incidentes.

Estoy convencida de que Stephanie y su madre no son buenas personas: ellas tuvieron mucho que ver con lo que ocurrió a mi madre en la fiesta. Me he cansado de ser buena. También vigilaré a Dave, el mariscal de campo del equipo de la escuela: es el novio de Stephanie y estoy segura de que organizó que molestaran a Bencho en las regaderas; no tengo pruebas, pero las voy a conseguir. A partir de este momento, me declaro oficialmente enemiga de dos personas populares de mi escuela: Stephanie y Dave. Me molestan sobremanera y no dejaré de vigilarlos.

Nunca volveré a dejar de creer en mí; aunque a veces me sienta triste y crea que el mundo se cae, jamás fingiré de nuevo que soy alguien distinta. Me gusta como soy: ya no me esconderé detrás de toda esa ropa gris de tonalidades tristes que opté por usar para pasar inadvertida. Soy inteligente y bonita. No quiero ser la líder de las porristas o que me acepten por mi *look*: quienes me quieran lo harán porque soy Avril Santana Valiani, ese es mi nombre y me siento orgullosa de él. Dejaré de utilizar camisetas enormes y cualquier otro disfraz para ocultarme. Acepto que tengo miedo y que a veces me dan ganas de salir huyendo, pero ¿quién no se ha sentido intimidado alguna vez?

Y, por último, no volveré a buscar a Prãsad. No me ha hablado ni escrito: le ha valido un pepino todo lo que vivimos. Si el avión se hubiese caído en medio del océano, él ni enterado. Estoy decidida y dejaré de pensar en él; si alguna vez tiene el valor de contactarme, tampoco se la pondré fácil y le diré por qué ya no es mi persona favorita. Por eso no voy a bloquearlo en mi teléfono inteligente, no quiero perderme la oportunidad de decirle lo que siento.

〜〜

Mamá habla por teléfono con María para que nos ayuden a coordinar que alguien pase por nosotros al aeropuerto. Su rostro se desdibuja: tengo el peor de los presentimientos. Bencho se acerca y ella le da el teléfono. Veo su rostro y descubro que llora inconsolablemente. Siento las piernas débiles, pero me acerco a ellos; nos abrazamos muy fuerte los tres.

—Avril, tu abuela entró en coma. Nos vamos directamente al hospital —me dijo Bencho con una serenidad que se ha vuelto su característica principal en esas horas difíciles.

Llevamos más de veinticuatro horas viajando, no nos hemos detenido siquiera para lavarnos la cara; sabía que volver al mundo que dejamos atrás resultaría difícil, pero no imaginé que sería así.

Rumbo al hospital nadie dice nada. Mi mamá ya no llora. Bencho checa continuamente su teléfono y manda cientos de mensajes por WhatsApp.

Aunque estaba molesta con Prãsad, en esos momentos me dieron unas ganas enormes de que me diera un abrazo tan fuerte y tan grande como la muralla china o el monte Everest; quería que tomara mi mano y me dijera al oído que todo estaría bien.

CAPÍTULO 24

NUNCA ESTAMOS SOLOS

O dio los hospitales, nunca me han gustado; son fríos, grises, sin color. La gente está triste, los familiares de los enfermos muestran en el rostro los estragos de las preocupaciones y la falta de sueño. Son lugares que, paradójicamente, anhelan preservar la vida mientras quienes trabajan ahí se han acostumbrado al sufrimiento; es común escuchar que los doctores y enfermeras pregunten todo el tiempo: "En una escala del uno al diez, ¿cómo calificarías tu dolor?". Aunque físicamente estoy desgastada después de un viaje de veinticuatro horas por tres continentes sin bañarnos, dormir ni comer bien, el dolor que siento por mi abuela está más allá de la escala; sin dudar, lo ubicaría en el nivel doce.

~~~

Mi mamá está triste y desconsolada. ¿Qué podemos hacer para que los seres que amamos permanezcan a nuestro lado? ¿Cómo alivias el corazón desgarrado de tu madre cuando te sientes destrozada ante la posibilidad de que la muerte se aloje en tu casa?

~~~

El cuarto donde mi abuela está entubada cuenta con todas las facilidades de un hotel de gran turismo: una vista espectacular desde un ventanal que te permite apreciar toda la ciudad, baño propio con regaderas de las que puedes regular su potencia y temperatura en una pantalla *touch screen*, televisión de alta definición, sonido ambiental, un pequeño refrigerador con agua, tés orgánicos, café artesanal, fruta fresca, camilla con colchón inteligente, adaptable a tus hábitos de sueño, enfermeras las veinticuatro horas y otras amenidades que me parecen absurdas porque mi abuela está inerte entre todos esos aparatos que miden sus signos vitales y lanzan una alerta ante cualquier anormalidad.

Bencho trata de consolarme y me dice que los mejores médicos trabajan en este hospital, donde cuentan con todos los avances tecnológicos para atender a mi abuela; trato de no enojarme, de no gritarle que me importan una mierda sus explicaciones. Yo sólo quiero que mi abuela no nos abandone, que se quede con nosotros.

De pronto, y sin decirnos una sola palabra, mi madre abandona la habitación. Prefiero ir detrás de ella antes de que haga una tontería: al fin y al cabo, en lo esencial, jamás dejará de ser impredecible.

Bencho me acompaña y la vemos dirigirse a la salida; María está en el pasillo y trata de persuadirla para que no salga. No alcanzo a escuchar lo que le dice, pero veo que intenta impedirle el paso a toda costa. No lo logra, y cuando mi mamá abre la puerta para salir del hospital, se encuentra con una horda de periodistas y fotógrafos que inmediatamente comienzan a lanzar sus *flashes* para retratarla en el lamentable estado de desesperación en que se encuentra.

Los guardias de seguridad tratan de controlar a los reporteros, que la atosigan con preguntas como: "¿Estamos ante el final del emporio Valiani? ¿Confirma los rumores de que su marido le ha pedido el divorcio? ¿Las empresas de Adelaida Valiani están en bancarrota? ¿Será usted la heredera universal de la señora Adelaida?".

La sangre me hervía: estaba a punto de gritarles a esa bola de buitres que se largaran, que mi abuela estaba viva, que lo último que necesitaba era un escándalo, pero afortunadamente Bencho me abrazó y me ayudó a regresar al interior del hospital.

Casi simultáneamente, Francesco Taine, el abogado que siempre ha velado por los intereses de la familia, abraza también a mi mamá para alejarla del tumulto. Con el apoyo de los guardias de seguridad lograron escabullirse, pero antes de entrar mi mamá escuchó a un reportero que le gritaba: "No evada su responsabilidad, esta ciudad merece respuestas; muchas familias dependen de las empresas de su madre".

Mamá entró en *shock*. ¿Cómo se había enterado la prensa? ¿Quién los llamó? Nuestra familia nunca había despertado el interés de los periódicos; de hecho, nos ignoraban y jamás aparecíamos en las páginas de sociales. Entonces, ¿qué había cambiado?

Bencho también estaba desconcertado. Todo era muy raro: al parecer alguien había armado todo el circo con los periodistas. Yo comenzaba a sentirme terriblemente mal: me dolía el cuerpo, sentía rabia. Estaba furiosa con todos.

¿A quién le habíamos hecho tanto daño para que nos trataran así?

Nunca he sido una chica muy religiosa ni tampoco concibo a Dios como un señor con barba que vive en el cielo, pero la abuela siempre nos había enseñado que está en todo: en la naturaleza, en el corazón de *Chester*, en el cariño que siento por mis padres, en la amistad, en las cosas buenas que nos pasan en la vida, aunque en este momento comenzaba a dudar de que eso fuera cierto y me preguntaba si en realidad existía Dios o si vivía en el cielo, lejos de todo. Sin embargo, una voz y un abrazo me inyectaron toda la felicidad que creí perdida: mi papá había llegado al hospital.

~~~

La última vez que los vi juntos, mi mamá estaba totalmente ebria y mi papá con los ojos desorbitados por el coraje y la vergüenza que había pasado frente a los socios de la firma de arquitectos para la que trabajaba. Ahora era totalmente distinto: Mariana, frente a la cama de la abuela, no dejaba de observarla, atenta al más mínimo detalle, al movimiento más sutil, como esperando que despertara en cualquier instante; estaba tan absorta en sus pensamientos que no se dio cuenta de que regresé acompañada. Mi papá no dijo nada y simplemente la tomó de la mano; Mariana volteó, un poco extrañada de que alguien hubiese interrumpido ese momento con su madre, pero cuando reconoció el rostro de papá simplemente esbozó la sonrisa más hermosa de todas, su candor llenó la habitación de una calidez que nos arropó a todos y me sentí, una vez más, la chica más afortunada del universo.

～

Los padres de Bencho fueron por nosotros al hospital. María regresó conmigo y mis papás se quedaron con la abuela; no quería separarme de ella, pero el cansancio me venció y me quedé dormida en un sillón. Por eso decidieron que era mejor que durmiera en casa.

Cuando llegué, hubo una revolución; *Chester* se puso como loquito al verme, no dejaba de mover su colita y saltar. Comenzó a lamerme la cara: Bencho casi muere del asco al ver que le permitía tanta efusividad a mi perro, pero no me importó y lo abracé. No pude contenerme y estallé en llanto; ante su cariño, solté todo lo que traía reprimido. Aunque ya está viejito, cuando me reconoció volvió a ser el cachorro que llegó a la casa hace diez años. Pronto se me acabaron las lágrimas y comencé a reírme ante las cosquillas que mi bóxer me provocaba en los cachetes; al parecer *Chester* se había dado intencionalmente a la tarea de aliviar mi dolor, y cuando se dio cuenta de que ya no estaba llorando, regresó a su camita.

María me contó que durante nuestro viaje se veía muy triste; aunque en otras ocasiones lo habíamos dejado en casa cuando salíamos de la ciudad, esta vez, imagino, percibió que mis papás se habían peleado y que yo no la estaba pasando bien. Los perros son más inteligentes de lo que imaginamos.

María continuó y me dijo que *Chester* casi no comía y se la pasaba acostado la mayor parte del tiempo, pero sólo de verme había recuperado su alegría y me permitió desahogarme. Esa primera noche, a pesar de los raros acontecimientos que vivimos a nuestro regreso de Delhi, al fin pude dormir como tenía mucho tiempo que no lo hacía.

~~~

A las 7:45 de la mañana los ladridos de *Chester* me despertaron y quizá también a todo el vecindario; por más que María intentaba callarlo, no cesaba y ladraba en dirección a la puerta. Entonces, al escándalo matinal de *Chester* se sumaron los toquidos de Bencho, que no paraba de gritarme para que le abriera.

—¡Avril! ¡Baja ya! Es urgente, prioridad uno. Baja, baja, baja.

—Benjamín Choep Wolinski, ¿tienes una ligera idea de qué hora es? ¿Sabes lo que es el maldito *jet lag*? Estoy que no me aguanto ni yo misma.

—No seas dramática y baja ya. Es urgente.

—No, no, no, espera. ¿Son noticias de mi abuela? Por favor, dime que está bien. ¿Por qué mis papás no me llamaron? Dime qué sabes.

—Tranquila, Avril. En parte sí es por tu abuela, pero no lo que crees: hace un momento tu mamá me dijo por WhatsApp que aún no despierta del coma, pero está estable.

—Bencho, ya déjate de misterios. ¿Por qué nos despertaste a esta hora?

—¿Ya revisaste el periódico?

Benjamín me mostró el periódico local. El encabezado era demoledor: "CAE EL IMPERIO DE EMPRESAS VALIANI. LA ÚNICA HEREDERA, AL BORDE DE LA LOCURA", y debajo venía una foto que le habían tomado a Mariana, notablemente desgastada por haber volado más de un día y llegar del aeropuerto directamente al hospital, sin haberse bañado ni cambiado de ropa y con la noticia de que su madre estaba en coma.

—¡Mamá va a enloquecer! Mi papá también se pondrá furioso. ¿Ya vieron esto? ¿Quién te avisó? Y, de hecho, ¿qué haces despierto tan temprano? ¿No se supone que deberías estar sufriendo las consecuencias del viaje y el cambio de horario? ¿Por qué no eres normal y me mandas un WhatsApp en lugar de venir hasta la casa?

—Es que, Avril, ¡esa es la mejor parte!

—¿Estás en drogas? A ver, no te entiendo. ¿Cómo puedes hablar de sacar algo bueno de todo este caos?

—Es que Dante me mandó un WhatsApp con la portada del periódico y me preguntó si tú o Mariana necesitaban algo; estaba preocupado y por eso me escribió de inmediato cuando leyó la nota. Estuvimos *texteando* toda la madrugada. Mira mis ojeras, ya no pude dormir.

—¡¿Dante te escribió?! ¿El hijo de Katya y Alexandra? Es decir, ¿el mismo que se fue sin despedirse?

—Sí, Avril, exactamente, el que tiene la misma costumbre de Prãsad de no *textear* una sola línea después de las despedidas.

—Ya, Bencho, perdón; estoy cansada y, como si no tuviéramos suficientes problemas, ocurre esto del periódico, pero ya no te voy a molestar. Me da mucho gusto que te

haya escrito Dante, cuéntamelo todo en el camino: acompá-
ñame al hospital, les tengo que contar lo del periódico antes
de que alguien más lo haga.

Mientras nos trasladábamos, me reí con mi mejor amigo de un millón de tonteras. Le dije que en verdad me daba
gusto que Dante le escribiera: le confesó a Bencho que desde que se mudaron nunca dejaba de revisar las noticias de
nuestra ciudad, era su manera de recordarnos porque la había pasado muy bien con nosotros. Vaya que es un tipo raro;
lamentó irse sin decirnos nada en persona, pero como nunca está de fijo en ningún lugar por el trabajo de sus mamás,
prefiere no hacerlo para evitar las despedidas tristes.

Después de las súbitas apariciones de mi papá y de Dante,
esa mañana comprendí que aun en nuestros peores momentos nunca, pero nunca, estamos solos.

CAPÍTULO 25

PRONTO ESTAREMOS JUNTOS

C uando llegamos, encontramos a mamá y papá platicando en una pequeña sala del piso donde estaba mi abuela. Ya tenían el periódico en una mesita, pero increíblemente parecían muy tranquilos.

—Avril, ¡qué bueno que estás aquí! Aprovecharé para ir un momento a la casa, necesito bañarme y cambiarme de ropa, no tardo. Tu papá estará aquí también, no irá hoy al despacho.

—No te preocupes, voy a estar aquí contigo; Bencho, sólo te pido que la acompañes un momento, voy por mi computadora para quedarme el resto del día.

Yo estaba más que desconcertada. Nuestros padres y los maestros de la escuela continuamente nos critican porque cambiamos de un *mood* a otro más rápido de lo que una cantante de pop abandona y comienza una nueva terapia de recuperación, pero mis papás se comportaban como adultos maduros. Llevaban horas platicando: mi mamá no incurría en ninguna excentricidad ni mi padre le reclamaba nada. ¡Como si no estuvieran atravesando por un proceso de divorcio! Tampoco les alteró lo que había aparecido en la prensa.

Estuve a punto de decirles que dejaran de jugar con mis emociones y que de una vez fueran claros y me dijeran si se iban a divorciar o no, pero afortunadamente mi GC entró en alerta máxima de seguridad, una descarga de mil voltios recorrió todo mi cuerpo e hizo que mantuviera la boca cerrada; pasaron unos segundos antes de que mi sistema se estabilizara de nuevo y mi respuesta fue simplemente: "¡Por supuesto, papá, aquí te espero!".

~~~

Bencho había vuelto a su casa, en el hospital sólo estábamos mi papá y yo; el abogado iba y venía para estar pendiente de que todo se mantuviera tranquilo y que ya no quedara ningún periodista de los que se habían asentado a las afueras, esperando como hienas para tomar fotografías o conseguir cualquier información para avivar el escándalo sobre nuestra familia.

Estuvimos con mi abuela una hora y luego bajamos a la cafetería por un sándwich. Vi a mi papá tranquilo, preocupado, pero con la fortaleza de un lobo que protege a su manada. Al ver su rostro sereno y escuchar su voz pensé que, a pesar de que a veces no entendía las razones que lo impulsaron a dedicarse más a su trabajo que a nosotras, era reconfortante contar con él en los momentos difíciles.

—Avril, no te voy a pedir que me entiendas, sólo quiero que sepas que no voy a dejarlas solas. Sin duda tu abuela se recuperará; aquí voy a estar todo el tiempo.

—Papá, pero, ¿sí te vas a divorciar de mamá?

—Avril, estaba bajo mucha presión y no quería ver las

cosas como son, pero me enteré de algo que cambia todo y te lo voy a contar. Uno de los socios de la firma quería quedarse con las acciones de la familia de tu mamá, por eso trataron de ridiculizarla frente a todos y alejarla de mí, y luego vino la oportunidad perfecta con el conato de infarto de tu abuela. Acabo de descubrirlo todo: Bruno, el padre de Stephanie, tu compañera, es el responsable y le ha filtrado toda clase de rumores a varios medios de comunicación; lo supe porque Rita, su secretaria, con quien tenía una relación, está furiosa porque se enteró de que sale con la entrenadora personal de Stephanie, y por eso me entregó todas las facturas y su plan de acción justo ayer, por lo que ya no pude evitar que saliera lo del periódico de hoy. Lo siento mucho, Avril, pero de haber tenido la mínima sospecha de que tramaban todo esto, lo hubiese detenido; perdóname por contarte estas cosas, pero quiero que estés al tanto.

Era curioso, porque después de lo que me había comentado mi papá, en lugar de sentirme enojada y con ganas de contarles a todos que las arpías de Stephanie y su madre se habían aprovechado de Mariana y querían hacer lo mismo con mi abuela, estaba tranquila, diseñando una estrategia de lo que íbamos a hacer, pero con la certeza de que ya no estaba sola. Mi papá estaba con nosotras.

~~~

Bencho no cabía de gusto con los mensajes de Dante; le aconsejé no ser tan intenso porque lo asustaría.

Mi abuela seguía igual, en coma, y no había nada que indicara que las cosas fueran a mejorar. Mariana se desesperaba por momentos; veía su rostro y entendía su dolor. Yo también comenzaba a impacientarme. Era un gran alivio que mi papá estuviera con nosotras y que las cosas entre él y Mariana empezaran a solucionarse, pero eso no importaba tanto en este momento; para todos lo primordial era que Adelaida, mi abuela, regresara con nosotros.

~~~

Llevábamos cinco días y cuatro noches en el hospital. Pronto regresaríamos a la escuela: estaba triste porque antes quería platicarle tantas cosas a la abuela. Me preocupaba tanto la salud de Adelaida que ni siquiera pensé en cómo sería volver a nuestros días cotidianos.

Cuando me percaté de que pronto habría terminado el verano y no podía contarle a mi abuela nada sobre aquel, el viaje más loco de mi vida, me sentí profundamente triste. A pesar de que me había acompañado otra tarde más, le dije a Bencho que quería regresar sola a casa. No tenía ganas de hablar con nadie: simplemente deseaba llegar, tirarme en la cama y no volver a levantarme jamás.

El camino se me hizo larguísimo, eterno. Iba absorta en mis pensamientos cuando vi a María salir corriendo con una cara de emoción que no cabía en sí misma:

—¡Avril, ven, corre, te llegó un paquete! Apúrate.

—Ya voy, ¡deja de gritar!

Chester iba detrás de ella, corriendo emocionadísimo; casi me tira porque se me aventó.

—¡Es un paquete de India!

Mi corazón comenzó a palpitar a mil por hora. Solamente

una persona tenía nuestra dirección y nos podría enviar un paquete desde allá; María lo sabía, y por eso también estaba que saltaba de gusto (y por supuesto la curiosidad la mataba, porque Bencho le había contado *todo* con lujo de detalles).

Cuando vi el nombre y la dirección del remitente en el paquete, una inmensa alegría me embriagó el corazón:

PRĀSAD DHARMA
FLAT 7, SHANKAR MARKET,
CONNAUGHT PLACE, NEW DELHI, DELHI 110001, INDIA

Lo abrí inmediatamente. Era una pequeña escultura que venía envuelta en una chalina verde con letras en sánscrito, y una carta.

—María, necesito un poco de pri-va-ci-dad. ¿Estás de acuerdo?

—Okey, pero no te tardes porque ya viene Bencho; llamó para ver si habías llegado sin problemas y le conté que recibiste un paquete de Nueva Delhi.

—¡María! Entre tú y mi mamá me van a volver loca. Ya, luego te cuento. Déjame leer la carta.

Querida Avril,

Perdóname por no haberte enviado ningún mensaje antes, pero mi tía se puso como loca y me dijo que ninguno de los hijos de su hermana se casaría con una occidental. Sé que suena muy extraño, pero cuando nací mis papás consultaron a un especialista en astrología védica y determinó que sería feliz si arreglaban mi matrimonio con la hija de sus amigos, los dueños de una fábrica de motores para motocicletas: las fechas de nuestros nacimientos eran perfectas y la dote que entregarían arreglaría muchos de los problemas económicos que ahora tenemos. Cuando mi madre murió, le hizo prometer a su hermana que velaría por que yo fuera feliz y se aseguraría de que me casara con aquella chica de tan buena casta.

Yo me opongo a la tradición y por eso me esforzaba mucho en la escuela para conseguir una beca y estudiar en América, pero mi tía se dio cuenta de lo que pasó entre nosotros, me quitó el celular y ahora revisa mis correos electrónicos.

Seguro te preguntarás cómo se enteró. ¿Recuerdas el abrazo y el beso que nos dimos en el aeropuerto? Resulta que a uno de los guardias de seguridad le pareció un momento muy especial que un adolescente indio abrazara tan efusivamente a una chica occidental y decidió tomar una foto: era como esas escenas dramáticas de despedidas en las películas de Bollywood que tanto nos gustan. Cuando se la enseñó a su hermana, se conmovió y se la envió a una prima que trabaja en el Chicken Inn, un restaurante de comida internacional; allí los empleados de la agencia de viajes de la familia tienen descuento porque llevan a muchos turistas, así que también lo visitan en ocasiones especiales.

Al día siguiente de que ustedes se marcharon, varios acudieron al Chicken Inn para celebrar el cumpleaños de Nityeshwari, la secretaria de la agencia, y comenzaron a bromear sobre el matrimonio entre indios y occidentales; entonces la chica sacó la foto y Nityeshwari quedó asombrada: "¡Es Prãsad, el sobrino del dueño de la agencia!".

La noticia corrió como fuego y la foto está en Instagram:

un usuario la subió a su cuenta, Beautiful Indian Moments, y ya recibió más de doscientos mil likes.

Estoy triste. Te extraño y no sé qué vamos a hacer. Te he enviado una imagen de Ganesh: siempre que a nosotros se nos presentan obstáculos en la vida le pedimos a Ganesh, el dios con cabeza de elefante, que elimine todo lo que nos impide ser libres y felices. La chalina verde tiene el mantra que recitamos cuando pedimos su protección: Om Gam Ganapataye Namaha. Tengo la certeza, Avril, de que venceremos todos los obstáculos que ahora enfrentamos. Tu abuela se recuperará. Lo sé.

Yo me mantendré en comunicación y me ayudará mi prima Nandita, que está allá con sus padres y va a una escuela a diez kilómetros de tu ciudad; es, como ustedes dicen, una nerd y una enminiencia en matemáticas. Pertenece al mismo club de cerebritos que una amiga tuya; ella te contactará.

Pronto estaremos juntos. Lo sé.

Prãsad

¿¿¿Eso era todo??? "Pronto estaremos juntos." ¿Qué significa? ¿Que debo esperar a que consiga otro teléfono para conectarse conmigo, o algunos años para que pueda viajar aquí? O, como los hindúes creen en la reencarnación, ¿debo esperarlo hasta nuestra próxima vida? ¿Y quién era mi amiga misteriosa que conocía a la prima de Prãsad? ¿Por qué los chicos son tan idiotas que no pueden siquiera escribir una carta con claridad?

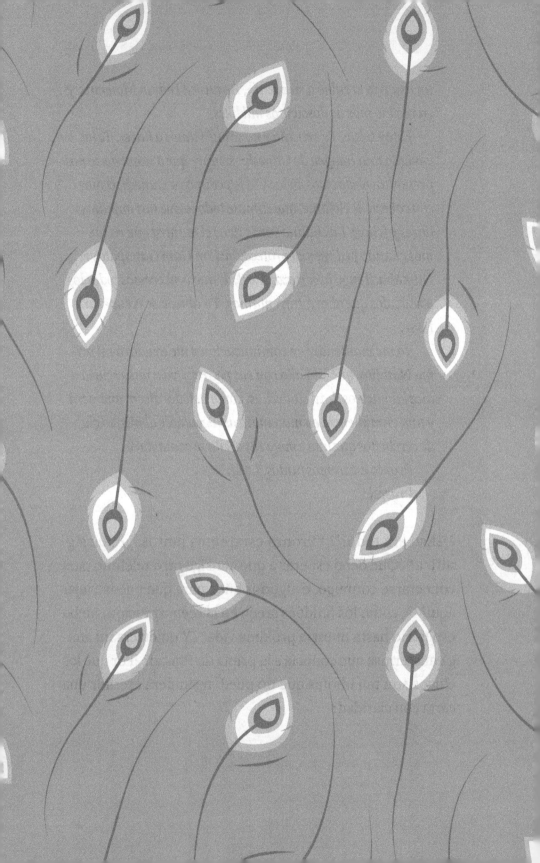

EL ATENTADO

Era más de mediodía y mi teléfono no paraba de sonar, pero no tenía ganas ni interés de hablar con nadie. Me sentía triste y desmotivada porque mi abuela no presentaba mejoría, Bencho sólo pensaba en Dante, mis papás no se separaban ni un momento y se les había olvidado que yo existía. Sólo *Chester* estaba a mi lado, por eso lo quiero tanto.

¿Y Prãsad? Al otro lado del mundo, bajo el yugo de una tía controladora que con entusiasmo preparaba el matrimonio arreglado de su sobrino, dispuesta a todo con tal de impedir que una extranjera se acercara a su familia.

El teléfono seguía sonando. Malhumorada, no tuve otro remedio que levantarme de la cama para revisar quién me buscaba con tanta insistencia. Al tomar el celular y encontrarme con el siguiente mensaje, mi corazón comenzó a latir a un ritmo vertiginoso:

Mira, preciosa, llevamos tres horas buscándote y ya me cansé; te esperamos en la Fuente de Sodas McFly, tienes hasta las 15:00 para llegar. Pediremos malteadas: tú las pagas. Operación New Delhi.

Corrí a arreglarme porque estaba hecha una facha y María me preguntó adónde me dirigía; *Chester* movía la colita emocionado y ya estaba puesto para salir conmigo, pero no podía llevarlo. Aún me tomaría cuarenta minutos arribar al lugar donde nos veríamos. Sabía que ese mensaje sólo podía ser de la amiga de la que Prãsad me dijo en su carta que me contactaría: ¡por fin tendría noticias de mi príncipe!

—No tardo, María, voy con unos amigos; dile a mamá que estaré en el celular. Esta es la cita más importante de mi vida —le contesté con gran emoción.

Me despedí de María y de *Chester*, y desde la puerta los vi mirarme con incredulidad y desconcierto; seguro pensaron que no sólo soy la chica más linda de todas sino también la más dramática e impredecible, igual que mi mamá. Y los entiendo: salí volando a una reunión sin preguntarme si acaso no sería una tomada de pelo de Stephanie o me había contactado un psicópata. Sólo seguí mi intuición.

~

La Fuente de Sodas McFly tiene ambientación de los años cincuenta, con una rocola y anuncios de la época; si las niñas van vestidas con crinolina y los chicos con pantalones de mezclilla, camiseta blanca y chamarra negra, todo lo que consuman es al dos por uno. Los estelares del menú son las malteadas y las hamburguesas con papas fritas. Los niños se veían guapísimos con el pelo lleno de vaselina, y las niñas coquetas con peinados altos perfectamente estilizados por cantidades industriales de *hairspray*, aunque ya sin causar un daño irreparable a la capa de ozono.

Cuando llegué, tan quitados de la pena, muertos de risa y con ocho malteadas de distintos colores, ahí estaban Leo Zammick, Melba Santamaría Manduley, Benjamín y una chica india que no conocía, todos ataviados como personajes de la película *Grease*.

—¡¿Qué estás haciendo aquí, Bencho?! ¿Por qué nadie me avisó que vendrían así vestidos? Me siento ridícula.

—Avril, Melba y yo llevamos tres horas tratando de localizarte y es imposible, no contestas tu celular.

—No estoy de humor para fiestas. Son unos insensibles; menos tú, claro, que no te conozco.

—Hola, soy Nandita Swetha, prima de Prãsad; Leo y yo ideamos una manera para que te puedas comunicar con él sin que mi tía se entere.

—Es correcto. De hecho, yo lo diseñé y Nandita me ayudó a implementarlo; reúne lo mejor de Snapchat y WhatsApp con notificaciones que sólo tú puedes leer, y una vez vistas su contenido cambia de tal manera que un tercero encontrará un mensaje diferente.

—Leo y Nandita son unos genios; además, Avril, Melba tiene cosas que contarte —dijo Bencho muy emocionado.

Melba comenzó su relato; le fascinaba tomar la palabra y no había poder humano que la parara después. Me preguntó si había leído las noticias más recientes; yo estaba deprimida, así que me aislé del mundo y no consultaba para nada mi teléfono.

El caso era, continuó Melba, que después de que mi papá descubriera que Bruno, el padre de Stephanie, pretendía hacerse con la parte de la empresa de mi abuela, otros socios comenzaron a investigarlo y detectaron varios fraudes, así que tuvo que salir huyendo del país antes de que las autoridades lo detuvieran. Stephanie y Nuria, su madre, se quedaron en la ciudad, pero las cuentas bancarias de la familia estaban congeladas por la policía, así que literalmente no tenían un centavo para gastar; no salían de su casa porque afuera había periodistas que querían una nota amarillista sobre su caso.

A todo esto, Melba agregó que habían conseguido un video donde Dave, el mariscal de campo, besaba a Stephanie a la fuerza: Stephanie era menor de edad mientras él ya no, así que ese material podría meterlo en muchos problemas. Leo tenía preparada ya una plataforma para subirlo a YouTube y en varias cuentas de usuarios falsos de Instagram y Facebook; todos estos habían enviado solicitudes de amistad a Stephanie y Dave, y ellos, pensando que eran admiradores que querían estar al tanto de *todo* lo que hacían, los aceptaron sin ninguna reserva, así que era muy fácil subir la grabación y etiquetar a cada uno de tal manera que sus otros seguidores se enteraran.

Los miembros del CASI sólo esperaban mi aprobación para poner manos a la obra: Leo había hecho estimaciones y creía que sí subíamos el video a esa hora, bastarían sesenta minutos para que se hiciera viral entre todos los alumnos de la escuela; a las 16:30 toda la ciudad se enteraría y para las cinco el país sabría del escándalo en la preparatoria.

—Avril, ¡es el momento que estábamos esperando! Melba, Leo y yo trabajamos toda la noche en el proyecto. El video nos lo pasó Trisha, una ex amiga de Stephanie que la odia porque ella siempre la humilló en el equipo de porristas. Nadie sabrá quién inició todo.

—Yo sólo soy la prima de Prãsad y no puedo opinar porque no conozco toda la historia, así que a mí ni me miren. Yo soy neutral.

—Avril, esos dos les hicieron mucho daño a ti y a Bencho. Ya tenemos todo preparado; después de eso, ¿quién se volverá a meter con nosotros? Golpearon a Bencho, tus papás estuvieron a punto de separarse, querían arruinar a tu abuela e incluso mandaron al hospital a todos esos periodistas sedientos de chismes para desprestigiar a tu mamá; les puedes devolver con creces todo lo que te hicieron.

—Melba, estoy de acuerdo, pero no lo esperaba de una manera tan intempestiva. ¿Y si esperamos un poco para analizar las consecuencias?

—¡No, Avril —gritó Bencho, enojado—, ellos me golpearon! ¡Ellos me hicieron sentir una mierda! Tenemos que hacerlo.

Leo y Nandita se miraron perplejos ante la reacción de Bencho. Melba quería que subiéramos el video porque era muy cercana a él y había visto las secuelas de los golpes que le dieron en las regaderas; era consciente de que Bencho sentía miedo y rabia.

—Si no nos apoyas, Avril, entonces estás justificando lo que me hicieron a mí, a tus padres, a tu abuela y a todos los chicos que sufrimos en la escuela.

—Avril, todo está listo; sólo falta que mandemos un WhatsApp y habremos ganado —comentó Leo, tranquilo—. Es tu decisión. No haremos nada que no quieras.

No sabía en ese momento qué era lo correcto. Fue entonces cuando Nandita comenzó a ponerse mal:

—¡No puede ser, no, no, es imposible! —estalló en llanto mientras miraba su teléfono.

Todos en la Fuente de Sodas McFly nos quedamos en silencio. Gerry, el dueño del local, no entendía qué sucedía hasta que un chico vestido como Ritchie Valens —el protagonista de *La Bamba*, una película que le fascina a mi abuela— le pidió que pusiera las noticias en el televisor. Todos estábamos horrorizados: "MANCHESTER SUFRE ATAQUE TERRORISTA AL FINAL DEL CONCIERTO DE LA CANTANTE ESTADOUNIDENSE ARIANA GRANDE".

En medio de la conmoción, mientras checábamos las redes sociales, Nandita dijo: "Mi hermana Adhira está en el concierto".

Nos quedamos atónitos. Nandita se paró y gritó llorando: "Tengo que regresar a casa, hablar con mi familia, tengo que llamarles". Leo la abrazó y nos levantamos. Le hablé a mamá para contarle y mandó por nosotros: en una camioneta llevamos a Nandita a la casa de su familia, que estaba a las afueras de la ciudad.

Bencho y Leo pidieron a todos los integrantes del Club de los Alumnos Sobresalientes Inadaptados que instauraran un plan de emergencia para monitorear todas las noticias sobre el atentado. Melba trataba de calmar a Nandita; ella, entre sollozos, le contó que, como regalo por ser la mejor de su generación, sus papás habían enviado a su hermana a pasar el verano a Manchester: al igual que Prãsad, tenían familiares en América y en Inglaterra, y siempre estaban en contacto.

Nandita dijo que era un día muy importante para su hermana porque por primera vez, junto con otras amigas, las habían dejado ir a su primer concierto solas. Cuando le escribió por WhatsApp unas horas antes le dijo que estaba feliz, que seguro nunca en su vida olvidaría aquello.

Bencho me miraba con preocupación: él y Leo estaban recibiendo toda la información que les enviaban los miembros del CASI. Según los primeros reportes, había diecinueve personas muertas y cincuenta heridas. Todo parecía indicar que se trataba de un atentado terrorista. Los tuits que me mostraban eran dolorosos:

- TODO ES UN CAOS. HUBO UN ESTRUENDO. LA POLICÍA YA LLEGÓ.
- EXPLOSIÓN EN LA ARENA DE MANCHESTER. NADIE SABE EXACTAMENTE QUÉ PASÓ.
- HAY HELICÓPTEROS Y POLICÍAS ARMADOS POR TODOS LADOS. ESTOY MUY ASUSTADA.
- VI A UNAS PERSONAS CON LAS PIERNAS LLENAS DE SANGRE, MANDEN AMBULANCIAS.
- NO PODEMOS MOVERNOS. ESTAMOS ATRAPADAS PORQUE LA GENTE ESTÁ CORRIENDO. QUEREMOS SALIR.
- NO ENCUENTRO A MI HIJA. AFUERA TODO ES UN CAOS.
- HAY MUCHA GENTE TIRADA EN EL SUELO, HAGAN ALGO.

Melba se dio cuenta de las cosas no estaban bien y nos hizo una señal para no mostrarle a Nandita la información que recibíamos. El trayecto se hizo eterno, y cada vez que ella intentaba comunicarse con su hermana y no recibía respuesta se ponía peor.

Cuando llegamos a su casa, sus padres nos esperaban afuera. Nandita y su madre, Devayani, se fundieron en un abrazo; estaban inconsolables. Su papá, Suresh, nos agradeció haberla llevado tan rápido.

Bencho, Leo, Melba y yo nos quedamos en el jardín, no nos iríamos y decidimos apoyarlos en lo que pudiéramos hasta tener noticias de Adhira.

Los padres de Nandita y Adhira tenían como cuarenta años: él era un hombre regordete y calvo, y Devayani vestía a la manera tradicional, con esos saris que tanto me gustan. Ambos tenían ese resplandor en los ojos y el trato amable que habíamos visto por toda India.

Poco a poco, conforme la noticia se extendía, las amistades que vivían en los alrededores comenzaron a llegar para ofrecer su solidaridad a la familia. Yo no podía creer lo que los medios decían; la mayoría de los asistentes al concierto eran chicos menores de veinte años que iban solos o con sus padres, había más de veinte mil personas. ¿Por qué los habían atacado? ¿Qué ganaban matando niños?

Me sentí vulnerable. El mundo ya no era un lugar seguro, siempre llevábamos las de perder. No quería seguir viendo las imágenes y las noticias que me mostraban Leo y Bencho, pero una fotografía llamó mi atención:

—¡Bencho, detente! No pases más fotos, préstame tu teléfono. ¡No puede ser! Mira esta imagen.

—Avril, no es posible. Deja, la agrando.

—Sí, es ella, es la misma: es la chica del sari, la que vimos en India. ¡Es imposible!

Nuestros ojos no daban crédito a lo que veíamos y sólo nos sacaron de nuestro asombro los gritos de Nandita: "¡Está bien! ¡Está viva! Gracias, chicos, ¡ya pudimos comunicarnos con Adhira! Ella y sus amigas están bien".

Todos estallamos en gran júbilo: Devayani no dejaba de llorar de felicidad. Nos abrazamos como una gran familia tras recibir la noticia. Ninguno de nosotros conocía a Adhira y teníamos apenas unas horas de tratar con Nandita, pero saber que su hermana había sobrevivido nos dio fortaleza y un aprecio por la vida que no sentíamos antes.

Suresh tomó unas flores que colocó en el cuello de una figura de Ganesh que tenía en el jardín: era como la que Prãsad me había enviado. Los amigos de la familia se reunieron alrededor y sacaron una caracola, incienso y unos címbalos; Devayani se colocó frente a la imagen con una charola de plata donde había flores, cúrcuma, arroz y una veladora encendida. Mientras hacían sonar la caracola y los címbalos, la mamá de Nandita ondeaba la charola frente a Ganesh. Suresh dijo entonces:

—Elevamos todas nuestras oraciones por los familiares de las víctimas de Manchester: nuestros corazones están con ellos. Deseamos que en el mundo se eliminen el dolor y el sufrimiento. Que este terror que nos amenaza sea derrotado por la luz. Que siempre haya paz entre nosotros.

Permanecimos en silencio por unos minutos; teníamos los ojos llenos de lágrimas. "Que siempre haya paz entre nosotros." Si bien el mundo no era ya un lugar seguro, nos teníamos a nosotros, a los amigos, a la familia, a los seres que nos quieren. No era fácil, pero hoy comprendía que la vida es un gran regalo, un gran tesoro.

Afortunadamente había puesto mi teléfono en modo silencioso, porque comenzó a vibrar intensamente, y para no incomodar a los demás lo abrí para encontrarme con este mensaje:

Avril, ha sucedido un milagro, tu abuela despertó del coma. Ven al hospital. Te amamos.
Mamá.

BUENOS DÍAS, AVRIL

Bencho, Leo y Melba me acompañaron al hospital; prácticamente nos fuimos volando. Cuando llegamos, no paré de correr hasta el cuarto de mi abuela, ni las enfermeras lograron detenerme. Ahí estaban Mariana, papá y María; mi abuela se veía un poco cansada y simplemente me dijo: "Avril, ¡cuánto tiempo sin verte! Te fue bien en India, ¿verdad? Te van bien los saris, y ya veo que aprendiste varios mudras". Me cerró el ojo con una complicidad que me sacó la sonrisa más grande de mi vida. Por cierto, por más que buscamos la foto donde Bencho y yo volvimos a ver a la chica del sari, nunca la encontramos.

Después de lo ocurrido en Manchester, decidimos que era una estupidez combatir el odio con más odio: desistimos, por unanimidad, de subir el video a la red para hundir a Stephanie y a Dave. Lo que sí hicimos la primera semana de regreso a clases fue enviarle un correo al director para denunciar los abusos de Dave, advirtiéndole que si no tomaba cartas en el asunto, el video les llegaría a varios padres de familia. Dave fue expulsado del equipo y de la escuela; no lo hemos vuelto a ver desde entonces.

Stephanie ya no es la misma: recurrió a un fondo de emergencia para cubrir este año escolar, pero su actitud es diferente. Ya no es popular y, según supimos, Dave le echó en cara que por su culpa lo hubieran expulsado de la escuela.

Bencho está feliz. Luego de contarle con lujo de detalle todo lo que vivimos, Dante pensaba que el siguiente verano le encantaría hacer con nosotros un viaje tan loco como el nuestro por India: yo dije que no era una idea tan mala y que deberíamos llevarlo a cabo, teníamos todo un año por delante para planearlo.

Mis papás están viviendo una segunda luna de miel. Mi padre continúa al frente del despacho, pero aprendió a equilibrar sus tiempos y lo vemos más seguido y de mejor humor; mamá sigue estando un poco loca, pero pasa más tiempo con la abuela y se divierten mucho. Las admiro a las dos.

En cuanto a mí, volví a ser la que era antes de mi etapa gris: me arreglo, me pongo ropa linda y ahora me la paso increíble con mis amigos del Club de Alumnos Sobresalientes Inadaptados, porque, aunque sé verme guapa, en el fondo soy una CASI y no me interesa nadie que busque ejercitar sus bíceps y no su cerebro.

Las clases comenzaron, y lo que pasó entre Stephanie y Dave fue la comidilla. Aunque no se han acabado los abusos en la escuela, ya no son tan comunes: el director instaló una comisión para que los estudiantes se sientan en confianza de denunciar cualquier incidente.

He logrado establecer una buena comunicación con Prãsad. Visito con frecuencia a Nandita y a su hermana Adhira, que llegó de Manchester pocos días después y también se hizo mi amiga. Sus papás están muy agradecidos por todo lo que hicimos por ellos, y cada vez que voy me preparan un banquete indio; es ahí cuando, desde la computadora de Nandita, platico por Skype con Prãsad. Resolvimos que era muy difícil mantener una relación a distancia y quedamos como amigos: por supuesto, a los dos nos dolió porque para ambos fue nuestro primer beso, el de Bencho no contó.

Nuestro acuerdo fue mantener el contacto, ser los mejores amigos y dejar que la vida decida: estoy segura de que, a mis quince años, mis padres jamás aceptarían un matrimonio arreglado con mi príncipe indio.

Por la diferencia de horario, cada tarde que estoy en casa de Nandita, en India es la mañana del día siguiente, así que Prãsad siempre me saluda diciendo:

—Buenos días, Avril, ¡estás en Delhi!

FIN